사물의 무늬

사물의 무늬

지은이 | 천영애

초판 발행 | 2020년 11월 1일
초판 2쇄 발행 | 2021년 6월 1일

펴낸이 | 신중현
펴낸곳 | 도서출판 학이사
출판등록 | 제25100-2005-28호

대구광역시 달서구 문화회관11안길 22-1(장동)
전화_(053) 554-3431, 3432   팩시밀리_(053) 554-3433
홈페이지_http://www.학이사.kr
이메일_hes3431@naver.com

ISBN_979-11-5854-257-3   03810

사물의 무늬

천영애

夢而思 학이사

예술 작품에 숨어 있는 사물의 그림자

흔히 '이것'이라고 말해지는 사물은 물질세계의 한 구체적인 형상을 이르지만 더 나아가 보면 사건들이기도 하다. 그래서 영화나 사진, 그림, 문학 등 예술에는 사물의 무늬가 씨줄과 날줄로 엉켜서 아름다운 교직을 이룬다. 주변을 둘러보면 우리는 사물의 세계에 둘러싸여 살고 있지만 언제나 사물은 인간의 배후에서 그림자처럼 존재해 왔다. 그러다가 어느 날 문득 사물이 말을 걸어오면 우리는 화들짝 놀라서 그 말에 가만히 귀를 기울이게 된다.

이 글은 바로 사물의 말 걸어옴을 듣고 옮겨 쓴 것들이다. 사물들은 때로는 영화에서, 때로는 문학에서, 때로는 그림 등의 많은 예술 작품에서 자주 내 귀에 속삭였다. 아무런 관심을 두지 않던 예술 작품이 어느 날 문득 사물의 속삭임을 들음으로써 전혀 다른 작품으로 드러나는 일은 흔히 있는 일이지만 인간은 자신의 배

후에 있는 사물의 말을 귀담아 듣지 않는다. 그러나 이미 사물은 작품 안에서 정교하게 짜인 거미집처럼 작품 전체와 내통하며 가만히 자신의 집을 짓고 있다. 그러니 사물의 말을 들음은 곧 예술 작품을 이해하는 일이니 나는 다만 그 사물의 말을 듣고 옮겨 쓸 뿐이다.

수많은 예술 작품을 접하면서 예술을 예술이게 하는 진리는 어디에 있으며 무엇을 통해 그 진리가 드러날까 하는 것은 오래된 물음이었다. 이 물음에 답하기 위해서 수많은 테오리아의 품 안에서 허덕였다. 그러나 가다머가 말한 순수한 테오리아가 있는가, 있다면 그것은 무엇을 통해 너머의 세계를 볼 수 없는 인간에게 드러날 것인지 궁금했다. 그러다가 나는 가장 즉각적으로 다가오는 사물에 눈을 돌렸다. 사물이야말로 우리의 삶을 지배하는 물질이고 관계이며 사건이니 사물을 통해서 나는 예술 작품을 '번역'하는 작업에 착수

했다. 벤야민의 의미에 더 가까운 나의 번역작업은 예술 작품의 원작에 잠재해 있으나 가시화되지 않은 것들을 드러냄이다. 어떤 의미에서는 야콥슨의 의도처럼 해석작업일 수도 있으나 드러나지 않은 예술 작품의 진리를 사물이라는 매개체를 통해 드러낸다는 의미에서 벤야민의 번역작업에 더 가깝다. 물론 이것은 필연적으로 문자언어를 선택할 수밖에 없고, 어떤 의미에서는 지극히 자의적인 해석일 수도 있다. 그러나 이런 작업을 통해 예술가가 창작한 많은 예술 작품들이 다른 시선을 통해 보이기를 기대한다.

예술 작품은 다의적이며 포괄적이다. 그리고 예술 작품이 품은 진리는 쉽게 드러나지 않는다. 그래서 흔히 예술 작품은 어렵다고 말한다. 작가들은 오랜 숙고 끝에 예술 작품을 창작하는데 대중에게 작가가 창작한 작품 너머의 세계는 쉽게 보이지 않기 때문이다.

사물을 통한 번역·해석이 단편적인 시각 안으로 작품을 가두는 경우도 있겠지만 그보다는 또 다른 시선이 되기를 바란다. 그리고 독자들도 다의성을 품은 예술 작품을 또 다른 시선으로 넘겨다 보기를 바란다. 예술 작품은 때와 장소에 따라 다른 진리를 드러내며, 어떤 때는 철저하게 본질을 감추기도 한다. 사물을 통한 작품 보기를 통해 작품 너머의 세계를 볼 수 있는 밝은 눈이 열리기를 기대한다.

　기꺼이 이 책의 출간을 맡아주신 학이사에 감사드리며, 더 좋은 책을 찾아 나서는 신중현 사장님의 노고에 보람이 있기를. 무엇보다 이 여름날, 꽃과 바람의 속삭임을 외면하고 편집을 맡아주신 학이사의 편집진에 감사드린다. 좋은 결실 있기를.

천영애

차례

은유

공간

은유

사람들은 도시의 삶이 싫어지면 섬으로 떠난다.
섬이 존재해야 하는 이유이다.
섬에 사는 사람들에게 섬은 치열한 삶의 현장이겠지만
섬을 바라보는 사람들에게는
마음속의 정처이다.

높고도 슬픈 여성성의 상징, 하이힐
 - 수전 팔루디의 『다크룸』

"그는 자신이 얼마나 무시당하고 경멸당했는지를 생각했다. 그리고 이제 모두가 그를 보고 아름다운 새들 가운데에서도 가장 아름답다고 말하는 소리를 들었다." 안데르센의 『미운 오리 새끼』에 나오는 내용이다. 백조가 된 미운 오리 새끼는 자신이 오리들과 달라서 무시당하고 경멸당했던 시간들에서 빠져나왔다. "내가 미운 오리 새끼일 때 이런 행복을 꿈꿔본 적도 없었어." 다르다는 것은 이렇게 무섭다. 한 무리에서 다른 오리, 그가 당했을 무시와 경멸을 어른이 된 이제야 나는 안다.

학교를 졸업하고 처음 직장에 나갔을 때 나는 당연히 하이힐을 신어야 한다고 생각했다. 아주 높은 킬힐까지는 아니더라도 어느 정도 높이가 있는 구두는 여자인 내가 당연히 신어야 한다고 여겼다. 그리고 내 딸이 면접을 보러 갈 때도 나는 그때보다는 굽이 낮지만 단정한 구두를 사주었다. 청바지를 입고 워커를 신고 털털거리며 걷는 걸음으로는 면접을 통과할 수 없다고 여겼기 때문이다. 그리고 아마도 그것은 세대를 이어 반복될 것이다. 청바지를 입고 워커를 신는 것과, 학습과 업무 능력의 상관관계를 밝혀낼 수는 없지만 그렇게 면접장에 들어섰다가는 탈락할 것이 뻔했다. 그렇게 우리는 적응해 가고 있다. 면접을 보는 당신들과 내가 다르지 않고 같다는 것을 증명해 가면서.

25년간 소식이 없던 수전의 아버지가 어느 날 사진 한 장을 보내왔다. 청치마를 입은 아버지의 사진, 수전 팔루디는 그 사진을 '사진 폭탄'이라고 표현한다. 아버지인 '그녀'는 그렇게 25년 만에 불쑥 수전의 삶 속으로 들어왔다. 이미 수전 팔루디는 페미니즘의 고전이라 일컬어지는 『백래시』로 세계 페미니즘의 대표주자로 활동하고 있었는데 그런 그녀에게도 아버지가 보내 온 사진 한 장은 충격이었다. 무엇이 아버지를 '그녀'로 만들었을까. 이 책은 트랜스젠더 아버지를 이해하기 위해서 수전 팔루디가 아버지의 삶을 추적하면서 기록한 책이다. 그 사진과 함께 "내 이야기를 쓰는 것이 어떠냐"는 아버지의 물음에 답하기 위해서.

아버지는 언제나 남성의 특권을 주장하는 폭군이었고 독재자였다. 그리고 유대인 대학살 때 80만 명이 수용소로 강제 이송되었고, 그중 50만 명이 아우슈비츠에서 학살당한 헝가리 유대인이었다. 이 책은 트랜스젠더 아버지의 본모습을 찾아가는 과정에서 알게 된 헝가리 유대인 학살의 진상을 밝히면서 유럽의 네오나치즘 부활을 경고하는 성격이 강하다. 사람들이 헝가리 유대인들에게 어떻게 했는지 나는 아버지 멜라니의 삶을 통해서 들여다보며 충격을 받았다. 이제 유대인 학살 이야기는 들을 만큼 들어서 별로 새로울 것도 없다고 생각했는데 아직도 내가 모르는 새로운 일들이 무궁무진했다.

아버지 '그녀'는 태국에서 성전환수술을 받고 여자가 되었다. 아버지는 자신의 출생 때 정해진 성의 근본적인 사실을 부정하면서 유대교도들이라면 누구나 믿고 있을 하느님의 천지창조를 부인한 꼴이 됐다. 아버지는 인간을 만든 하느님의 능력을 부정하고 자기 스스로 자신을 창조했다. 그리고 아버지는 시스루 속옷에 하이힐을 신었다.

하이힐은 언제나 불편했다. 그것을 신으면 분명히 굵었던 다리가 날씬해 보이고, 섹시해 보였다. 그리고 하이힐에는 여자인 나의 만족감 이면에 남자의 만족감이 자리하고 있었다. 하이힐을 신고 내 몸을 거울에 비춰보면 나는 언제나 평소의 나보다 몸매가 훨씬 좋아 보였다. 여자라면 당연히 하이힐을 신어야 한다고 생각했고, 수전의 아버지 멜라니도 그랬다.

하이힐은 어느 날 힐 높이가 10cm가 넘는 킬힐로 변형되어 나타났다. 이미 나이가 들어 예쁜 것보다 편한 것을 찾던 나는 그 킬힐은 신지 않았지만 많은 여자들이 그 구두를 신고 다닌다. 지금도 레드카펫을 밟는 여자 배우들은 킬힐을 신는다. 분명히 힐 높이가 높아질수록 매력적이다. 그리고 그 킬힐에 대한 반발이었는지, 아니면 왜 여자인 우리가 그런 높은 신발 때문에 불편함을 감수해야 하는지에 대한 의문이 생겼는지 거짓말처럼 굽이 낮은 로퍼가 유행했다. 더 나아가 운동화가 구두의 자리를 대신했다. 하이힐은 면접 보러 갈 때나 신는 신발로 전락했고 대부분의 젊은 사람들은 로퍼나 운동화를 신는다. 남자들이 하이힐을 신지 않듯이 여자들도 더 이상 하이힐이라는 환상에 선동되지 않는 것이다.

그러나 처음 여성성이 드러날 때 여자들이 그러는 것처럼 트랜스젠더 수술을 받은 아버지 멜라니는 여자아이들이 입는 화려한 레이스가 달린 드레스나, 시스루 속옷, 하이힐을 신었다. 남자들이 여자에 대해서 가지고 있는 환상을 직접 실현해 본 것이다. 그리고 아버지는 만족했을까? 후에 아버지는 원래 여자아이라면 그래야 하는 줄 알았다고 말했다. 그리고 어느 날부터 그 옷들은 구석진 곳의 옷장 속에 처박혔다. 그러나 버려지지는 않았다. 그것들은 여전히 아버지의 환상 속에 살고 있는 것이다.

수전이 여자인 아버지를 만날 때마다 인지 부조화를 겪었던 것처럼 나는 비록 책이지만 아버지에 대한 '그녀'라는 호칭에서 인지 부조화를 겪었다. 너무나 흔한 '그녀'라는 인칭대명사가 나를 혼란스럽고 충격에 빠트렸다. 동성애, 게이, 트랜스젠더 등에 대해서 내 머리는 그들을 받아들이라고 하면서도 실제의 나는 혼란스러웠다. 우선 이해할 수가 없었다. 그것은 이해하고 말고의 문제가 아니라고 내 머리는 수없이 속삭였지만 그들이 왜 그래야만 하는지를 이해할 수가 없었고, 이해해야만 받아들일 수 있는 문제였다. 그것은 마치 내가 여자로 태어난 것이 왜 그런지를 이해하는 것이 아니라 그냥 받아들이는 것처럼 그렇게 받아들이면 되는 것이라고 했지만 내 감정은 자꾸만 엇길을 걷고 있었다. 내가 바지를 입고 워커를 신고 터벅터벅 걷고 싶은 것처럼 어떤 남자도 하이힐을 신고 치마를 입고 타박타박 걷고 싶은 것이라고 이해하고 싶었지만 생각뿐이었다. 다만 내가 그들을 만났을 때 표정 관리가 잘 된다면 다행이었다.

아버지 멜라니는 평생 맥락을 알 수 없는 남자였다. 그는 이름난 사진작가였고, 그 방면에서 명성을 쌓았다. 누구도 할 수 없는 사진기술로 자신만의 독창적인 세계를 만들어갔다. "정말 놀라웠죠. 뭐가 바뀌었는지 알아볼 수가 없었어요. 원본과 사본을 구분할 수 없었다니까요."라고 주변 사람이 아버지의 사진 기술에 대해서 말했는데 정작 수전은 아버지라는 존재의 원본과 사본을 구분할 수 없었다. 남자였던 아버지가 아버지의 정체성인지, 여자인 아버지가 아버지의 정체성인지 수전은 헷갈렸다. 아버지는 암벽 등반과 빙벽 등반, 보트 만들기, 카누 타기, 목공, 모형 비행기 만들기를 남자로 살던 시절의 컬렉션으로 치부했다. 그렇다면 여자로 사는 시절의 컬렉션은 어떤 것들일까.

미리 말하지만 아버지 멜라니는 보수적인 여자이다. 수전처럼 페미니즘 따위에는 관심도 없고 여자로 살기가 이렇게 좋은데 왜 페미니스트가 되어야 하는지도 이해하지 못한다. 아버지는 힘든 일은 남자가 해야 하고 남자는 여자를 돌봐 주어야 하니까 여자가 된 이제 자신은 힘든 일을 해서는 안 되고 보호받아야 한다고 믿는다. 그게 여자로 살아가는 가장 큰 장점이라고 알고 있다. 트랜스젠더라면 성 인식에서 엄청나게 진보해 있다고 생각하겠지만 아니다. 단지 여자가 되어야 했던 남자일 뿐이다. 여자인 수전은 여자의 어려움에 대해서 늘 글을 쓰지만 남자로 70여 년을 살아온 아버지의 눈에는 여자의 유리한 점만 보인다. 아버지가 주름이 잡힌 노란색 치마를 입거나 감청색 드레스를 입거나 수전에게 아버지는 같은 사람이다. 보수적이고 폭력적이고 강압적인.

아버지가 필연적으로 되어야 했던 그 사람은 과연 누구일까? 아버지의 그 '누구'는 물려받은 것과 유전적, 가족적, 종족적, 문화적, 역사적 요인의 운명적 힘에 의해서 결정되는 것일까? 수전은 자신의 성별을 포기함으로써 페미니스트가 된 것이 아니라 성별을 선언함으로써 되었다. 어머니에게로 가해지는 부당한 대우와 아버지의 폭력을 보면서 그녀는 페미니스트가 되어갔다. 그러므로 페미니즘이란 선택이다. 그러나 트랜스젠더는 선택일까 필연일까.

성전환 치료의 선구자인 로버트 스톨러는 "정체성이란 용어는 막연함, 모호함, 비슷한 말의 반복, 임상자료의 부족, 그리고 설명의 빈곤을 감추기 위한 화려한 의상만큼이나 쓸모가 없다."고 말한다.

수전은 우리 역사의 어떤 시간 안에서 엄청난 학살을 당했던 유대인 아버지를 생각한다. 헝가리인이었던 아버지는 헝가리인이면서 유대인이었다. 그러나 학살이 일어나자 헝가리인들은 유대인을 헝가리인으로 인정해주지 않았다. 가스실로 실려 가는 친했던 유대인 이웃들에게 그들은 아무런 표정 없이 배웅을 나와서 손을 흔들었다. 마치 잠시 어디 외출이라도 다녀오는 것처럼.

알고 보면 아버지는 경계 위에 서 있었던 셈이다. 폭력적이고 가부장적인 아버지, 헝가리인으로 인정받기 위해 헝가리에 가장 잘 동화되고자 했던 유대인 아버지, 여자가 되고 싶었지만 남자였던 아버지, 그런 그에게 드레스와 하이힐은 경계에서 벗어나 정당하게 한쪽에 서는 사물이었다.

굽이 높기만 한 구두가 하이힐이라면 이 구두의 역사는 고대 그리스까지 올라간다. 그리스 비극의 개척자인 아이스킬로스가 무대 위의 배우들을 돋보이게 하기 위해 코르토르노스Korthornos라는 구두를 신게 했다. 요즘도 있는 일종의 통굽 구두이다. 이 구두는 말을 타는 남성들에게도 유행했다. 끝이 뾰족한 현대의 하이힐은 16세기의 베네치아 여인들이 길거리의 오물을 피하기 위해서 신었던 초핀Chopine에서 유래되었다고 보는 것이 정설이다. 그런데 재미있는 것은 이 구두를 자신의 다리에 푹 빠져 있던 태양왕 루이 14세가 애용했다는 것이다. 그는 일설에 의하면 이 구두를 수백, 수천 개 마련해 놓고 신었다고 하니 수전의 아버지가 일찍 그 사실을 알았더라면 트랜스젠더 수술을 받지 않고도 이 구두를 애용했을지도 모르겠다.

루이 14세의 이 구두는 루이 15세의 애첩이었던 퐁파두르 부인이 즐겨 신었는데 그녀의 구두는 베르사유 궁전 안의 귀족들을 압도했다. 당연히 귀족들은 퐁파두르 부인의 구두를 따라 신었는데 이 구두는 루이힐이라는 애칭으로 불렸고, 이것이 현대 하이힐의 원조로 알려져 있다. 재미있는 것은 이 구두가 키 작은 여인들을 위한 것이 아니라 오히려 키 큰 여인들을 위한 구두라는 점이다. 이 구두는 긴 다리와 큰 가슴이 강조되는 일종의 체형보정 역할을 한다. 그러니 이 구두를 신으면 섹시해 보인다는 것은 일견 일리 있는 말이기도 하다.

성인이 되면 반드시 한 켤레씩은 가지고 있었던 하이힐은 여성성을 상징하는 대표적인 사물이다. 아버지 멜라니는 자신이 다른 남자들과 같은 사람이었을 때는 다른 사람들한테 말을 걸지 않았지만 여자가 된 이제는 누구한테나 말을 걸 수 있다고 한다. 물론 멜라니의 생각이다. 그것은 멜라니가 70이 넘은 나이에 성전환수술을 받은 수많은 이유 중의 하나이기도 하다. 그리고 자신은 트랜스가 아니라 여자라고 강조한다. 그렇지. 성전환수술을 받았으니 당연히 여자이다.

아버지 멜라니는 일곱, 여덟 살 즈음부터 여자 옷을 입었다고 고백했다. 부모님이 싸울 때, 부모님이 이혼해서 버림받았을 때, 유대인이라서 늘 죽음 앞에 놓여 있었을 때, 체격이 작은 남자 어른이었을 때를 지나오면서 멜라니는 그 모든 것으로부터 비켜나기가 더 편했을 것 같은 여자가 되고 싶었을 것이다. 그리고 자신의 성전환수술은 하느님이 원하지 않았다면 이루어지지 않았을 것이라고 믿는다. 그러니 그것 역시 하느님이 하신 일이다. 유대인으로서 하느님의 천지창조설을 부인하지 않는 것이다.

성전환은 부정한 놀라움이며, 선천적인 결손이며, 병이며, 죄일까. 나는 아니라는 것을 안다. 단지 이해할 수 없을 뿐이다. 그러나 하이힐이 여자들의 전유물이 아니라 한때는 남자들이 더 사랑하던 사물이었고, 지금은 단지 남자들이 신으면 이상하게 보인다는 이유로 여자들만이 신는 것이라고 믿는 것처럼 고정된 성역시 없는 건 아닐까 하는 생각이 든다.

아버지 '그녀'는 성전환수술을 통해 미운 오리 새끼에서 아름다운 백조가 되었을까. '그녀'는 그렇다고 말한다. 꿈꿔본 적도 없는 행복을 누리며.

평평하면서 나를 찌르는, 사진

- 롤랑 바르트의 『밝은 방』

사진은 평평하다. 그것은 어떤 굴곡도 없고 구멍도 없이 평평함 그대로 존재한다. 낡고 오래된 집의 벽에 서열대로 걸려 있는 가족사진을 보면 갓을 쓰고 도포를 입은 할아버지와 그 곁에서 작은 키로 할아버지의 그늘 아래 오랫동안 함께 살아온 부부만이 가질 수 있는 안온한 표정으로 서 있는 할머니, 할아버지 또는 할머니를 닮은 젊은 아버지와 어린아이들이 서 있다. 그 곁에서 이물감처럼 겉도는 듯한 어머니의 표정은 윗대와는 유전인자가 아무런 관련도 없지만 그 많은 사람들 속에서 유일하게 유전인자가 비슷한, 그래서 어딘지 모르게 닮아 보이는 어린 자식을 껴안고 있다. 그렇다, 어린 자식을 껴안은 어머니의 표정은 그래서 애절

하다. 그리고 아마도 그들은 이제 이 세상에 없을 것이다.

액자 속에 끼워져 있는 오래된 흑백 사진들은 이제는 지워져 버린 그들의 삶처럼 흐릿하다. 아마도 어떤 집에서는 흙담이 허물어지면서 벽의 사진액자도 함께 묻혀버렸을지도 모른다. 그러나 어린 자식을 껴안고 있던 어머니의 표정은 나를 찌른다. 그 사진이 흙 속에 묻혀 버렸거나 쓰레기통 속에 버려졌다 하더라도 그 표정만은 여전히 나를 찌르고 있다.

롤랑 바르트는 어머니가 돌아가신 후 『애도 일기』를 쓰면서 또 하나의 작업에 착수하는데 그것이 바로 이 『밝은 방』이다. "아침부터 그녀의 사진들을 들여다보기 시작하다." - "사진 한 장에 완전히 사로잡히다." 라는 글이 『애도 일기』에 있는데 그 사진 한 장은 1898년에 그의 어머니가 다섯 살 때의 모습을 찍은 '센비에르의 겨울 정원' 이라는 사진이다. 그는 이 사진을 벤야민의 말대로 하자면 '번역' 하기 시작한다. 말하자면 바르트는 어머니의 어릴 적 사진을 통해 그녀를 남몰래 되살아나게 하는 것이다.

사진 기술이 발명되고 나서 사진은 얼마나 우리 주위

에 흔하게 되었는가. 사진은 평평하다고 말했지만 사실 지금은 3D 사진이 나올 정도의 기술 발전이 있는지라 엄밀한 의미에서 사진은 평평하지 않다. 그러나 여전히 사진은 정지되어 있고, 어떤 기호로 우리에게 다가온다. 친구들과 놀러 가서 찍은 사진, 아이가 돌일 때 찍은 사진, 나도 모르게 찍힌 사진들은 모두 시간과 장소, 상황에 대한 기호를 드러낸다.

바르트는 이 기호를 스투디움studium과 푼크툼punstum이라는 라틴어로 설명한다. 스투디움이 '나는 좋아한다'의 영역이라면 푼크툼은 '나는 사랑한다'의 영역이다. 스투디움은 "좋아하거나 좋아하지 않는다는 정도의 나른한 욕망, 다양한 관심, 일관성 없는 취미의 매우 방대한 영역"이며, "반쯤의 욕망, 반쯤의 의지를 동원"하고, "우리가 좋다고 생각하는 사람들, 광경들, 옷들, 책들에 대해 느끼는 종류의 막연하고 잔잔하며 무책임한 관심"이다. 스투디움은 일종의 교육, 교양에 속한다. 사진작가들이 사진을 통해 정보를 제공해 주고, 재현하며, 현장에서 포착하고, 의미를 띠게 하고, 욕망을 불러일으키면 나는 그것을 인정하고 즐기는데 이것이 스투디움인 것이다.

이에 비해 푼크툼은 "찔린 자국이고 작은 구멍이며, 조그만 얼룩이고, 작게 베인 상처이며" - "사진 안에서 나를 찌르는 우연"이다. 그래서 바르트는 스투디움을 방해하러 오는 것이 푼크툼이라고 말한다.

바르트는 이 푼크툼이라는 기호를 통해 겨울 정원의 사진 속에 있는 어린아이였던 어머니를 애도한다. 그에게 어머니는 프로이트의 말을 빌리자면 "우리가 과거에 이미 그 안에 존재했음을 그토록 확실하게 말할 수 있는 다른 장소는 없"는 그런 존재이다. 바르트에게 그 사진 속의 어머니는 자신이 존재했음을 그보다 더 확실하게 말할 수 없는 장소이다. 또한 바르트는 사진이라는 사물을 통해 어머니를 추억하는 것이 아니라 애도하며, 사진은 어머니의 '존재-했음'을 확인하는 애도의 직접적인 방법이기도 한 것이다.

내 동생이 먼저 세상을 떠난 후 어머니가 계시는 집에 갔을 때 집의 안방에서 나는 한 사물로 인해 강한 충격을 받았다. 바로 동생이 과거의 어느 날, 그가 확실하게 존재했던 그 시간에 찍은 한 장의 사진 때문이었다. 동생은 인상이 선량하게 생겼는데 커다랗고 눈웃음을 치는 눈이 그 이미지에 큰 몫을 했었다. 사진 속의 동생은 평소처럼 그렇게 눈웃음을 치고 작은 볼우물을 만들며 꽃 속에 있었다. 그런데 그 눈이 바로 나를 빤히 쳐다보고 있었다. 그 눈과 마주치자마자 나와 동생 사이에서 일어났던 과거의 일들이 영화 스크린처럼 지나가면서 가슴이 아렸다. 사진 속의 그 눈은 내 기억보다 훨씬 더 많은 걸 알고 있었고, 그 웃음도 내 머리보다 훨씬 더 많은 걸 알고 있다는 것을 나는 사진을 통해서야 알 수 있었다.

그날 그 사진은 내게 사건처럼 닥쳤다. 그것은 이미 '존재했던' 동생이 사진이라는 사물을 통해 현재의 나에게 강렬하게 들이닥친 것이었다. 나는 사진 앞에서 한참동안 서서 가만히 말했다. 내가 너한테 못되게 굴었던 거 미안해. 마지막으로 머리를 쥐어박았던 건 정말 미안해. 동생이 떠난 후 내내 내 가슴속에서 치밀어오르던 말들을 나는 사진 속의 그 눈에게 말했다. 정말 미안하다, 좀 더 챙겨주었어야 했는데. 그리고 물어보았다. 거기는 괜찮니? 살 만하니?

동생이 떠난 후로 동생은 침묵했고 그 사진도 철저하게 침묵했다. 그리고 나는 끝내 동생을 되찾지는 못했다.

바르트는 모든 사진은 미로를 가지고 있다고 말한다. 아리아드네의 실타래를 가지고 그 미로에 들어가면 나는 나만의 아리아드네를 만날 수 있다. 동생의 그 사진은 나의 아리아드네였다. 나는 그 사진을 통해 많은 미로를 더듬었고 미로의 모퉁이에서 수많은 그때의 동생을 만났다. 바르트에게 사진의 본질 자체이면서 결코 부정할 수 없는 것은 바로 사물이 거기 있었다는 것이다. 그것은-존재-했음이다. 바르트가 보는 어머니의 사진은 무한과 촬영자 사이에서 펼쳐지는 그 장소에, 거기에 있었다는 것을 인증한다. 그리고 바르트는 그 사이에 존재한다.

언젠가 가족들이 강원도에 놀러 갔을 때였다. 다녀와보니 내가 없는 가족사진이 액자에 걸려 있었다. 그날 내가 늦게 가는 바람에 나를 뺀 가족 모두가 함께 찍은 사진이었는데 그 사진 속의 시간과 장소에 나는 영원히 부재했다. 나는 그 사진을 볼 때마다 내가 마치 외톨이가 된 기분을 느낀다. 가족들이 나를 싫어해서 내가 없는 틈을 타서 사진을 찍었던 것은 아닐까, 아니라면 내가 없는데 어떻게 저렇게 환한 표정으로 사진을 찍을 수 있단 말인가. 나는 남몰래 혼자 속앓이를 하곤 했다. 그러나 그날 그 장소에 내가 없었다는 것은 사실이다. '그들은-존재-했음'이지만 '나는-부재-했음'인 것이다. 사진은 그렇게 존재를 통해 부재를 드러내기도 한다. 아마도 나는 존재와 부재의 사이 어디쯤에 존재했을지도 모른다. 그렇게 사진은 언어로 말하기 어려운 진실을 드러내기도 한다.

바르트는 사진을 통해 자신의 어머니를 애도했다. 언어는 늘 애매하고 모호하며 때로는 많은 설명과 은유를 동원해야 하지만 사진은 그렇지 않다. 사진은 즉각적으로 사건처럼 들이닥친다. 바르트는 다섯 살 때의 어머니 사진을 통해 어머니가 존재했음을 확인할 수 있었고, 죽음이라는 과정을 통해 사라졌음도 확인할 수 있었다. 그것이 사진의 노에마, 즉 본질이다. 사진은 그것이 보여주는 것이 무엇인지 말할 줄 모르지만 존재했다는 것을 보여주고 어떤 사진은 푼크툼을 통해 들이닥치며 본질을 드러내기도 한다.

다시 오래된 집의 벽에 걸려 있는 오래된 사진으로 돌아가 보자. 누구나 한 번쯤은 보았을 법한 이런 사진은 으레 흑백 사진이기 마련이며, 온 가족이 함께 찍은 사진과 가족 개개인이 따로 찍은 사진이기도 하다. 가끔은 대학 졸업식 때 쓰는 사각모를 쓰고 찍은 젊은 남자의 사진도 있고, 대례복을 입고 전통결혼식을 올리는 그런 풍경을 담은 사진도 있다. 사진은 분명 평평하지만 사진이 걸려 있는 벽은 그 사진들로 인해 울퉁불퉁하며 두서없이 시간이 뒤섞이고 이야기들이 흘러나오기도 한다.

우리 집에도 동생이 대학교를 졸업할 때 찍은 사각모 사진이 있었는데 나는 그 사진을 볼 때마다 엉뚱하게도 아버지가 생각난다. 어느 날 여름쯤이었을 것이다. 동생이 다니는 학교로부터 통지서가 한 장 날아왔다. 아버지는 동생이 다니는 학교 이름이 적힌 봉투를 뜯어놓고는 내가 오기를 기다리고 있었다. 야야, 이거 좀 봐라, 여기 뭐라고 써놨노? 살펴보니 성적표였는데 F가 두엇 있었던 것 같고 성적은 엉망이었다. 영어로 된 성적표를 아버지가 알아볼 리야 없겠지만 그래도 농사일에 힘든 아버지가 혹여나 알아보고 낙담하실까 봐서 서둘러 거짓말을 했다. 성적표인데요. 그래, 어떻다 하노? 잘한다 합니더. 잘했네예. 그런데 이거는 뭐고? 보니 학사경고였는데 나는 허둥거리며 다시 거짓말을 했다. 잘한다고 하네예. 공부 잘한다고 적어놨어예. 다소

미심쩍은 표정의 아버지는 그래났나? 하고는 더 묻지 않았다. 주말에 집에 다니러 온 동생을 만났던 나는 동생 머리를 쥐어박으며 아버지가 고생하시는데 공부 좀 열심히 하라고 타박을 했던 일이 있었다.

동생의 사각모 사진을 볼 때마다 나는 그때 그 일이 먼저 떠오른다. 아버지는 그때 그 성적표의 내막을 알았을까? 알면서도 속았을까, 정말 몰랐을까. 나는 아마도 영어를 모르는 아버지가 A, B로 표시되는 성적표를 읽지는 못했지만 직감적으로 성적의 내막은 알았을 거라고 생각한다. 그리고 아마도 내 말을 믿고 싶어서 진실에 대해서는 눈을 감았을 거라고 생각한다.

그렇게 사진은 어두운 방(암실)에서 밝은 방으로 나온다. 마치 세이렌의 노랫소리처럼 매혹을 거느리고 밝은 방으로 나와서 어느 날의 사건들을 알려 주는 것이다.

나에게도 그렇지만 바르트에게도 사진은 현실과 진실의 사이를 오가는 사물이었다. 존재했다는 현실과 바로 이것이라는 진실, 그것을 확인하는 것이 바로 밝은 방으로의 드러남이다.

"사진은 나에게 이상한 영매, 새로운 환각 형태이다.

지각의 차원에서는 허위이지만 시간의 차원에서는 진실한 환각 형태이다. 한편으로는 지금 그것은 거기에 없고, 다른 한편으로는 그것은 분명히 존재했던 온건한 환각이다. 요컨대 그것은 현실의 광적이고 엷게 문질러진 이미지이다."

내 마음의 정처, 섬

- 오쿠다 히데오의 『남쪽으로 튀어!』

"그 섬은 어느 누구의 통치도 받지 않아. 자급자족으로 살아가고, 전쟁도 없고, 모두가 자유야." 일본의 남쪽 아에야마 군도에서 비밀의 낙원으로 불리는 파이파티로마는 무정부주의자인 지로의 아버지 우에하라 이치로가 끝내 이주하고 싶어하던 섬이다. 우리는 마음속에 낙원을 하나씩 품고 산다. 한국인의 공통적인 낙원인 이어도 같은 섬, 한국인에게 이어도는 삶과 죽음이 없는 내세의 섬이지만 일본인, 특히 오키나와인에게 파이파티로마는 누구에게도 통치받지 않는 섬, 전쟁도 없고 모두가 자유인 섬이다. 오키나와의 핍박받던 역사가 만들어낸 섬인 것이다.

일본의 최남단인 오키나와에서도 배를 타고 한참을

들어가야 하는 이리오모테 섬은 아에야마 군도의 남쪽 외딴곳에 있다. 이 섬에는 신을 모시는 우타키라는 곳이 있는데 여기서 기원을 올리던 여사제가 낳은 자식이 오키나와를 지배하던 슈리 왕조에 저항하던 것처럼 우에하라는 "세금 따위는 못내!"라고 국가에 저항한다. 아버지 우에하라가 원하는 것은 단순하다. 반권력과 반자본주의라는 이상 속에서 자급자족하는 슬로라이프, 그러나 어디 이게 쉬운 일이던가. 권력과 자본은 끝없이 통치하고 지배하려 하고 인간은 계급을 위해 투쟁하는 동물이다.

육지에 사는 나 같은 사람에게 섬은 늘 이상의 땅이다. 사는 게 견딜 수 없이 힘들면 어디 섬에나 들어가볼까 하는 대책 없는 생각을 하는 것처럼 섬은 현실 도피의 땅으로 사람들에게 자리한다. 그러나 섬도 사람이 사는 곳이고 국가와 자본은 사람이 사는 곳이면 어디든 따라와서 그들의 규칙을 강요한다.

토마스 홉스는 통치와 안전을 보장할 수 있는 막강한 권력자로 리바이어던을 내세웠다. 홉스에 따르면 인간은 자기 이익을 실현하기 위해서 만인을 위한 만인의 투쟁상태가 되는데 이때 인간은 서로의 안전을 보장하기 위해 자기들끼리 계약을 맺어 강력한 통치자를 세운다는 것이다. 그런데 재미있는 것은 성서에서는 이 강력한 통치자 리바이어던을 혼돈과 무질서의 동물로 묘사한다는 것이다. 사회 속의 인간은 자신을 보호하기 위해 서로 간의 계약에 의해 강력한 통치자를 내세우고, 신의 말씀인 성경은 혼돈과 무질서를 불러오는 무소불위의 괴물인 리바이어던을 내세운다. 성경에서도 리바이어던은 "땅 위에서는 그것과 비교될만한 것이 없으며… 그것은 모든 높은 것을 내려다보며 모든 교만한 것의 왕이 된다(구약 욥기 41장)"라고 하며 혼돈과 무질서 속에서 인간 세상의 통치자가 됨을 예언한다.

인간의 세속적 권력이나 신의 말씀이 적힌 성경에서의 권력은 모두 왕이 되고자 하는 속성을 가지고 있으며, 약한 자들은 무질서와 혼돈의 세상에서 스스로를 보호하기 위하여 왕을 내세운다. 약한 자들의 아이러니다.

소설 속의 '아버지'는 막강한 권력의 소유자이든 무소불위의 괴물이든 리바이어던이 지배하는 전쟁상태의 사회를 개혁하고 싶어서 사회주의 운동을 했지만, 자신과 함께했던 운동권이 제 영역 지키기에 혈안이 되어 이상보다는 조직을 유지하기에 급급한 것을 보고 그들과 거리를 둔다. 그러한 운동권들의 헤게모니와 거리를 둔 아버지 우에하라는 거구의 몸을 한 채 단독으로 움직인다. 그러나 "이 세상에는 끝까지 저항해야 비로소 서서히 변하는 것들이 있어. 노예제도나 공민권 운동 같은 게 그렇지. 평등은 어느 선량한 권력자가 어느 날 아침에 거저 내준 것이 아니야. 민중이 한 발 한 발 나아가며 어렵사리 쟁취해 낸 것이지. 누군가가 나서서 싸우지 않는 한, 사회는 변하지 않아."라고 말하면서도 아들 지로에게는 자신을 따라 할 것 없이 자신의 생각대로 살라고 말한다.

"세금 따위는 못 내!"라고 말하는 우에하라답게 국가권력에 써먹기 좋은 인간을 양성해 내는 것이 목적인 제도권 학교 같은 데는 안 다녀도 된다고 말하지만 아이들이 다닌다고 해도 말리지는 않는다. 아이들에게 자신의 생각을 강요하지 않고 그들의 생각을 존중해 주는 것이다.

국가는 늘 양면성을 가진다. 각자의 이기심을 만족시키기 위한 전쟁 상태에 있는 것과 다름없는 인간들은 휴전을 위해 리바이어던을 내세우고, 국가는 리바이어던의 역할에 충실하다. 그러나 인간은 그러한 전쟁 상태에 있으면서도 원초적인 평등을 꿈꾸는 자연 상태에 있기도 원하므로 리바이어던을 원하면서도 원하지 않는 이중적인 상태에 있다. 이 리바이어던을 원하지 않는 사람들은 도시를 떠나 자연으로 돌아갈 것이고 그들의 이상향인 낙원에서의 삶을 꿈꿀 것이다.

사는 사람에게는 핍진하고 고달픈 곳이겠지만 꿈꾸는 사람에게는 낙원인 섬은 전쟁 아닌 전쟁 상태에 있는 현대인들에겐 마음의 휴식처 같은 곳이다. 정현종 시인은 "사람들 사이에 섬이 있다/ 그 섬에 가고 싶다"라는 시를 남겼다. 투쟁 상태에 있는 사람들 사이의 섬은 사람들의 핍진한 마음을 달래주고 이어줄 '사이의 공간'이다. 우리는 이 사이의 공간을 잘 드러내지 않지만 집으로 돌아와 자리에 누우면 문득 그 섬이 생각난다. 섬은 마음의 정처 같은 곳이다.

"한 열 집 살까? 정말 아름다운 섬이오. 비옥한 땅은 남아돌아가고, 고기도 얼마든지 잡을 수 있고 말이지." 황석영의 『삼포 가는 길』에 나오는 대목이다. 땅은 남아돌아가고 고기도 얼마든지 잡을 수 있는 섬, 그러나 현실에서는 주인 없이 남아도는 땅은 없으며, 바다의 고기도 마음대로 잡을 수 있는 것은 아니다. 배를 몰려면 선박 면허가 있어야 하고 고기를 잡으려면 어업권이 있어야 하기 때문이다. 그래서 우에하라는 소리친다. "내가 왜 국가에서 허가 따위를 얻어야 해? 배 타는 것도 고기 잡는 것도 개인의 자유야." 그러니 우에하라가 꿈꾸는 '누구의 통치도 받지 않고 전쟁도 없고 모두가 자유'인 파이파티로마와 삼포는 같은 곳일까. 그렇다면 내 마음의 삼포는 어디일까.

왜 인간은 만민의 평등상태인 원초적인 자연 상태에서 벗어나 만인의 만인에 대한 투쟁 상태에 빠지고, 자기를 통치하는 리바이어던을 원하게 되었을까. 원시 상태에서는 각자의 창고에 사과가 썩어갈 만큼 보관하는 것이 금기시되었다. 자연 상태에 살던 인간들에게 이기심은 생존의 적이었다. 자연 상태에 있는 사과를 따서 썩어갈 만큼 내 창고에 보관하면 그것을 먹지 못하는 누군가는 죽게 되므로 인간은 이기심과 탐욕을 가장 경계했다. 그러므로 어떤 먹을 것이든지 내가 먹을 만큼만 가져와야 했고, 먹을 것이 창고에서 썩어가면 죽임을 당했다. 그러나 힘이 센 인간은 창고에 사과를 저장하기 시작했고, 사과를 저장하지 못한 인간은 빈곤의 늪에 빠졌다. 소유의 시작이다.

이 소유가 만민을 평등 상태에서 투쟁 상태로 변하게 했을 것이라고 나는 생각한다. 그리고는 더 많은 사과를 보관하기 위해서 리바이어던을 세우고 스스로가 피지배자의 상태에 순응했다. 욕심이 스스로의 자유에 덫을 씌운 셈이다. 우에하라는 그러한 리바이어던에 저항한다. 평등과 자유를 위해.

아에야마 군도의 남쪽 섬 파이파티로마의 신을 섬기는 우타키에 여사제의 아들로 태어난 아카하치는 파이파티로마를 떠나 오하마무라라는 섬으로 갔다. 그러나 오키나와의 슈리 왕조에 정복당한 아카하치는 슈리 왕조에 동조한 주민들에게 이런 말을 남겼다.

"어리석은 자여, 너의 자손은 머지않아 악귀처럼 무거운 세금을 징수하는 저들로 인하여 지옥의 고통을 맛보리라. 나는 그런 일이 없는 세상을 만들고자 하였느니라. 비록 나는 여기서 죽임을 당하나, 나의 영혼은 아득한 저 남쪽 파이파티로마 섬에서 영원히 살리라. 이 섬 위에 남풍이 지나갈 때마다 이 아카하치가 불어넣은 자유의 바람인 줄 알거라."

이어도라는 섬을 처음 알았을 때 그 섬은 내 삶의 마

지막 정처가 되었다. 이어도까지는 아니어도 어디엔가 이어도 같은 거처가 있을 것이라고 생각했다. 그러나 과학은 잔인하게도 이어도에 종합해양과학기지를 건설하여 마음속의 이어도를 없애 버렸다. 『삼포 가는 길』의 정 씨처럼 "까짓, 가는 데까지 가고 내일 또 갑시다."라고 말할 수 있는 섬 하나를 잃어버린 것이다.

고달픈 이승의 삶 저편에 있는 낙원, 이승으로 돌아올 수는 없지만 사시사철 먹거리 걱정이 없고, 일찍 곁을 떠나간 사람들이 머물고 있을지도 모르는 섬 이어도는 시멘트와 철근으로 그 형태를 강퍅하게 드러냈다. 우리가 막연히 그리워했던 그 이어도에는 이승을 떠난 사람들이 머물고 있지도 않았고 사시사철 먹거리 걱정이 없는 낙원도 아니었지만 사람들은 마음속에 또 다른 이어도를 그리고 있을 것이다, 삼포를 찾아가는 정 씨처럼.

바다에 방둑을 쌓고 트럭이 수십 대씩 돌을 실어 나르며 관광호텔을 짓는 공사판이 되어 버린 삼포에 사람들은 일자리를 찾아가지만 정 씨는 삼포 가는 기차를 타지 않는다. 섬 개발로 마음의 정처를 잃어버린 것이다.

현관 신발장 앞에 체 게바라의 커다란 사진을 붙여
놓고 일본의 '아시아 혁명 공산주의 동맹'에서 눈부신
활약을 하였던 우에하라는 운동권의 권력 다툼에 염증
을 느끼고 물러났으나 여전히 국가와의 투쟁은 진행
중이다. 사회주의와 반미, 반체제의 기치를 내걸고 활
동하였던 운동권 사람들의 치열하고도 순수한 열정은
어디로 가고 그들은 지금 어디에 있는가. 그들을 이 책
의 저자인 오쿠다 히데오는 이렇게 평한다. "때늦은 혁
명 놀이로 각각 제 영역 지키기에 혈안이 된 자들, 이상
의 실현보다 조직의 유지에만 급급한 자들, 세상과 점
점 괴리된다는 것도 모르고 운동을 위한 운동에만 매달
리는 자들은 이제 세상의 웃음거리가 되어 버렸다."
　　오쿠다 히데오의 말이 아니라도 우리 주변에서 많이
보아온 풍경이다. 그러나 그들은 지금도 자신들이 웃
음거리가 된 것을 알지 못하고 권력 투쟁에 열심이다.
그러한 속물적인 헤게모니에 휩쓸리지 않기 위해 단독
으로 활동하는 우에하라는 아들에게는 이렇게 말한다.
"하지만 너는 아버지를 따라 할 거 없어. 그냥 네 생각
대로 살아. 아버지 뱃속에는 스스로도 어찌할 수 없는
벌레가 있어서 그게 날뛰기 시작하면 비위짱이 틀어져

서 내가 내가 아니게 돼. 한마디로 바보야 바보."

우에하라는 알고 있었던 것이다. 낙원이라고 말할 섬은 없지만 그 섬은 인간들이 만들어 가야 한다는 것을, 그리하여 아버지는 도쿄를 떠났고, 다시 자본이 개입하는 섬을 떠나 밀림으로 들어간다. 그런 아버지를 지켜보면서 우에하라의 아들 지로는 친구에게 편지를 쓴다.

"욕심을 부리지 않으면 법률도 무기도 필요 없다고 생각해. 이것은 유치한 이상론인지도 모르지만, 여기 섬사람들을 보고 있으면 그런 감이 들어. 만일 이 지구상에 이런 섬들만 있다면 전쟁은 한 번도 일어나지 않았을 거야."

사람들은 도시의 삶이 싫어지면 섬으로 떠난다. 섬이 존재해야 하는 이유이다. 섬에 사는 사람들에게 섬은 치열한 삶의 현장이겠지만 섬을 바라보는 사람들에게는 마음속의 정처이다. 잃어버린 이어도, 내 마음의 정처는 어디에 있는지, 까짓거 가는 데까지 가보고 오늘 못 가면 내일 또 가면 되는 지상낙원, 그것을 일본인들은 파이파티로마라고 하고 한국인들은 이어도라고 하고 정 씨는 삼포라고 한다.

모든 일이 시작되었던 그때, 쿠션

  - 미켈라 무르지아의 『아카바도라』

지치고 힘든 날이면 우리는 쿠션에 털썩 등을 기대고 앉거나 끌어안으며 스스로를 위로한다. 그것은 부드러운 감촉으로 살에 닿으며 우리가 혼자서 부르는 비가를 들어준다. 어떤 이유에서인지 아이들은 어릴 때부터 자신들의 쿠션을 가지고 있었고, 젖내나는 쿠션을 들고 다니며 엄마에게서 떨어진 시간을 견디곤 했다. 쿠션은 우리의 생이 시작되었음을 알았을 그때 이미 우리 곁에 있었던 사물이었다. 지금도 나는 쿠션을 베고 누워 짧은 잠을 청하거나 등을 기대며 하루를 보낸다. 아마도 그것은 나의 마지막 날에도 내 등을 받쳐줄 것이다.

끝을 내는 여인이라는 뜻을 가진, 안락사를 돕는 사

람을 지칭하는 '아카바도라'인 보나리아 우라이는 영혼의 딸 마리아에게 이렇게 말한다. "네가 모르는 것들에 대해서 함부로 이야기하지 마라. 살아가다 보면 네가 하기 싫은 것도 선택하게 될 거다. 받아들일 수밖에 없는 것처럼 말이다."

"넌 너하고 관련된 일에 대해서만 잘 알고, 네가 잘할 수 있는 일만 하게 될 거다." 마리아가 자기의 영혼의 어머니인 보나리아가 아카바도라인 것을 알고 추궁했을 때 한 말이다. "나 역시 나에게 주어진 역할이 있었고, 그 일을 했던 거야. 마지막 길을 배웅하는 거지. 나는 몇몇 사람들한테 마지막 어머니였단다."

보나리아는 안락사시킬 때 향을 먼저 마시게 한 후 쿠션으로 얼굴을 덮었다. 마지막 어머니가 어떤 사람의 마지막 길을 편안하게 해주면서 배웅할 때 썼던 것이 쿠션이다.

안락사는 우리 사회의 뜨거운 감자이다. 불과 몇십 년 전만 해도 우리 사회는 존엄사를 할 수 있는 사회적 여건이 남아 있었다. 그때만 해도 대가족이어서 늙은 사람을 돌볼 젊은 사람이 있었고, 그 역할은 어느 한 사람에게만 주어지지 않았다. 한 마을이 아이를 돌보는 것처럼 한 마을이 노인을 돌보았고, 그 노인은 태어날 때 한 마을로부터 축복을 받았던 것처럼 죽을 때도 한 마을로부터 배웅을 받으며 존엄하게 마지막을 정리할 수 있었다.

지금도 내가 살았던 고향에 가면 치매 걸린 노인이 골목을 다니는 것을 볼 수 있다. 나무 아래나 정자에 앉아 있는 마을 사람들은 이야기를 나누면서도 치매 노인이 위험한 곳은 가지 않는지 살펴보면서 서로를 돌본다. 노인들은 평생을 살았던 마을에서 함께 지냈던 사람들과 여생을 보내며 죽음을 기다린다. 그리고 애도의 절차도 한 사람의 생에 걸맞게 충분하게 예의를 갖추었다.

그러나 도시에는 그런 노인들이 더는 남아 있지 않다. 그들은 요양병원이라는 곳에서 격리당한 채 존엄과는 거리가 먼 형태로 죽음을 기다린다. 젊은 사람들에게 죽음은 거추장스러운 것이며, 우리 사회의 밝은 곳에서 치워 버리고 싶은 어두운 풍경이다. 그러니 존엄사라는 것은 이제 우리와는 먼 죽음의 형태가 되었다.

의료기술이 나날이 발전하면서 죽음도 예전보다는

더 천천히 다가온다. 나는 너무나 절실하게 자신을 죽여달라고 하던 한 노인을 본 적이 있다. 치매가 심했던 노인은 잠깐 정신이 돌아왔을 때 자신이 처한 상황을 인지하고 제발 좀 죽여달라고 애원했다. 물론 난 그 자리를 피했고 모른 척했다. 그러면서 알았다. 살아 있다고 모두 살아 있는 것이 아니고 죽음이 오히려 삶보다 나을 때도 있다는 것을.

그러나 그럼에도 불구하고 안락사는 여전히 손대기 싫어하는 뜨거운 감자이다. 누가 선뜻 안락사를 말할 수 있겠는가. 지금은 비록 회복 불능의 상태에서 고통받고 있다 하더라도 삶과 죽음 중 어느 것이 더 나은 상태인지 누가 결정할 수 있겠는가.

보나리아는 어느 가족의 부름을 받고 밤중에 집으로 찾아간다. 보나리아를 본 노인은 쉰 목소리로 이렇게 말한다. "그 애들이… 마침내 당신을 불렀군…." 그 말을 듣고 방에서 나온 보나리아는 자신을 불렀던 가족에게 소리친다. "당신들은 모두 저주받을 거야." 안락사는 당사자가 결정할 일이지 자식이라고 해서 결정할 권리는 없다는 것이 보나리아의 생각이다.

밤 외출을 전혀 하지 않는 보나리아가 밤이 깊기를

기다렸다가 검은 숄을 쓰고 마을을 다녀오는 일이 있는데 그런 다음 날에는 초상이 나곤 했다. 보나리아는 향을 태워서 연기를 들이마시게 하고 쿠션으로 마지막 가는 길을 푹신한 편안함으로 감쌌다. 그 노인이 태어나서 탯줄을 끊고 기어 다닐 때 어머니가 무심코 주었던 부드러운 푹신함은 사람의 기억에 오래 남는다. 죽음의 길도 그렇게 부드럽고 푹신할 수 있을까, 마지막 어머니가 준 쿠션을 얼굴에 덮는다면.

돌이켜 보면 쿠션이라는 것은 살아 있는 우리와 늘 함께하는 사물이다. 깊숙한 의자의 등받이로 사용할 때나 무릎 위에 책을 얹어놓고 볼 때도 쿠션으로 높이를 높이곤 한다. 쿠션은 모양이나 종류도 다양하지만 늘 우선순위로 고려하는 것이 푹신함이다.

병원에서 마지막을 힘겹게 보내는 노인을 곁에서 본 적이 있다. 그 노인은 곁을 지키는 자식들에게 등에 쿠션을 넣으라고 했다가 곧 빼라고 하며 하루를 보냈다. 어떻게 해도 편안하지 않다는 말일 것이다. 자식들은 몇 개의 쿠션을 가지고 와서 이것저것 등을 받쳐 주었지만 어느 것도 노인을 편안하게 하지 못했다. 살이 모두 빠지고 뼈만 앙상하게 남아 자그맣게 삭아가는 노인에게는 사물로서의 쿠션이 아니라 영혼의 쿠션이라도 있어야 했던 것이 아닐까. 쿠션을 빼서 등에 기대면 가끔 그때가 생각난다. 결국 어느 쿠션에서도 편안함을 찾지 못한 채 세상을 떠났던 노인이 가고 난 자리에는 서너 개의 쿠션만 남아 있었고 그마저도 곧 청소부가 버렸다.

큰아이가 아직 어릴 때 자그마한 곰 모양의 쿠션을 하나 준 적이 있었다. 손가락을 유난히도 빨았던 아이는 한 손은 입에, 한 손은 곰의 꼬리를 만지작거리며 시간을 보냈다. 그 곰이 없으면 상실감을 느끼는지 어디를 가든 그 곰은 아이를 따라다녔는데 어쩌다 곰이 없으면 한 손을 어찌하지 못해 당황해 하는 것이 보였다.

쿠션이란 그런 사물이다. 내 몸속으로 이미 들어와 나와 하나가 된 것, 타자가 아니라 자아 안에 깊숙이 들어와서 자아와 타자의 구분이 없어지는 것이다. 메를로-퐁티의 말처럼 아이와 쿠션이라는 이 양자 사이에는 상호 삽입과 얽힘과 잠식이 있었던 것이다. 그들은 누가 누구랄 것도 없이 서로가 서로를 동시적으로 품고 수렴한다. 아이와 쿠션은 "나의 신체가 너의 신체를 열어주지 못할 이유도 없고, 나의 신체가 너의 신체를 열어주지 못할 이유도 없다."[1]

그렇게 어릴 때부터 자아 속에 깊이 들어와 있던 타자로서의 쿠션은 어른이 되어서도 지친 등을 기대거나 부드러운 것이 그리우면 하릴없이 찾게 된다.

사고로 한쪽 다리를 절단한 청년은 보나리아에게 청한다. "모든 성인들의 밤에요, 영혼들의 식사를 위해 문을 열어둘 때 아주머니는 아무런 의심 없이 들어왔다가 나갈 수 있어요." 확신이 없었던 보나리아는 망설이지만 결국 "네가 나한테 부탁한 일을 신께서도 너한테 허락해 주실지 모르겠다. 기도해라. 그건 결코 축복받을 일이 아니다. 필요한 일도 아니고…." 그리고 청년은 향을 마시고 쿠션이 얼굴을 누를 때 죽는다. 한쪽 다리를 잃고 사는 것은 그에게 숨을 쉬지 않고 사는 것과 다름없었던 것으로 보나리아는 이해했다.

보나리아는 아카바도라로서의 자신을 어떻게 받아들였을까. 사람들이 각자 안식의 무게를 가지고 나올 때마다 보나리아의 눈물은 그녀의 얼굴에 새로운 주름

---

[1] 류의근 『메를로-퐁티의 신체현상학』, 세창출판사

을 새겨 놓았다. 더 이상 살 가망이 없는 사람이 고통에 떨고 있으면 그가 끝나지 않는 고통에서 놓여나지 않을까 봐서 주변 사람들은 그가 편안하게 갈 수 있도록 축성 받은 물건들과 종교적인 그림들을 치워 주었다. 그것이 그들의 풍습이었다. 아카바도라인 보나리아는 풍습에 따르는 그들이나 그들을 지켜보는 것이나 책임이 같다는 것을 알았다.

그녀는 자비와 죄를 구분할 줄 알았다. 그리고 다음 날은 검은 상복을 입고 문상을 갔다. 장례식 때의 울음과 기도, 회상은 생략할 수 있는 일이 아니었다. 그녀는 공동체 사회에서 존재와 부재의 파열을 막기 위해서나 각자의 고통을 부정하지 않는 그런 태도를 통해서 자신이 지닌 삶의 본질적인 비극과 대면했다. 그것은 마을 사람들도 마찬가지였다. 사람들은 아카바도라를 알았지만 누구도 아는 척하지 않았다. 그녀는 그저 깊은 밤에 부름을 통해서 갈 뿐이었다.

보나리아의 영혼의 딸 마리아는 자신이 사랑하던 남자의 형이 보나리아에 의해서 세상을 뜬 것을 알고 그녀를 떠난다. 보나리아가 준 쿠션은 어렸을 때 난로 앞에서만 필요했을 뿐 성인이 되어가는 자신에게는 필요하지 않았다. 그러나 보나리아가 위독했을 때 마리아는 다시 그녀의 곁으로 돌아온다. 그러면서 자신이 마지막 어머니인 아카바도라가 되었을 때를 상상해 본다. 돌아온 마리아가 자신의 말을 기다리고 있다는 것을 알았지만 보나리아는 자신의 이야기를 해줄 수가 없었다. 아카바도라에게 용서를 구하고 복을 구하는 것이 의미 있는지는 스스로도 확신할 수 없는 일이었다. 고통에 소리를 지르고 쇠약해져 가는 보나리아를 보면서 마리아는 3년 전에 보나리아가 했던 말을 떠올렸다. "내가 마시지 않는 물에 대해서는 이야기하지 마라."

보나리아는 아카바도라로서의 자신을 대신해 집집마다 용서를 빌겠다는 마리아의 청도 거절했다. 마리아는 보나리아가 빨리 죽지 못하는 것이 그 때문이라고 말하지만 보나리아의 눈빛에는 양심의 가책이나 후회의 빛이 보이지 않았다. 그리고 보나리아는 살아 있었지만 더 이상 그 삶은 존엄하지 못했다.

어느 날 소파의 쿠션을 바꾸던 마리아는 생각지도 못한 것이 자신을 붙잡는 것을 알았다. 쿠션의 부드러운 감촉이었다. 평범한 쿠션이었지만 숨결의 끈을 끊어놓기에는 충분했고, 마리아는 그 쿠션을 들고 보나리아의 얼굴을 향해 머리를 숙였다. 마을의 신부는 보나리아가 어느 묘지에도 묻히지 못할 것으로 생각했지만 그것은 보나리아가 판단할 몫이 아니었다. 그리고 쿠션과 함께 마리아에게 아카바도라의 운명이 이어질 것이었다. 쿠션은 이미 인간 각자의 삶 속에 다양한 형태로 깊이 들어와 있다.

존재와 무의 세계를 열어가는, 열쇠
- 조너선 사프란 포어의 『엄청나게 시끄럽고 믿을 수 없게 가까운』

집 한편에 있던 광에는 늘 자물쇠가 채워져 있었다. 그 자물쇠는 쌀을 덜어내거나 어린 우리들의 궁금한 입을 달래줄 간식거리나 더 소중한 뭔가를 꺼내야 할 때 열렸지만 그곳은 금기의 영역이었고, 그래서 나는 늘 그 자물쇠를 열고 싶었다.

사춘기에 들어서면서 자물쇠가 달린 일기장을 가지게 되었다. 잠가야 할 정도의 비밀이 있는 삶은 아니었지만 비밀이 있는 것처럼 보이는 그 일기장이 좋아서 하루에 몇 번씩 열고 잠그며 일기를 썼다. 고작해야 사춘기 특유의 우울이 담긴 감성 고백이거나 언뜻 좋아하기도 했을 남학생에 대한 감정 고백 정도였겠지만 그 일기장은 닫혀 있어서 신비로웠다.

어른이 되고 집을 사면 전 주인은 많은 열쇠가 달린 열쇠 꾸러미를 전해 주었다. 나는 단 한 번도 방 열쇠를 이용한 적이 없고, 그 열쇠 꾸러미는 받는 즉시 어느 서랍장에 넣어져 존재 자체를 잊어버렸지만 열쇠 꾸러미를 전해 받을 때에야 비로소 이 집이 내 것이 된 것으로 실감이 났다. 어느 문이든 마음대로 열 수 있는 열쇠는 존재 자체만으로도 집 전체가 내 것임을 보증해 주는 것이어서 기분이 좋았다.

그러나 단 한 번도 절대적으로 열어야 하는데 열지 못한 자물쇠를 가져 본 적은 없다. 그렇게 견고하게 닫혀 있어야 할 공간이 없었고, 대부분은 열지 않아도 무방한 그런 공간이었으므로 절실하게 열쇠가 필요한 적은 없었다. 단, 내 삶의 비밀을 파헤칠 열쇠라면 몰라도.

아버지가 죽었다. 아버지는 9.11테러로 건물이 무너져 내리면서 죽었고, 죽기 전에 집으로 전화를 걸어왔고, 전화가 걸려온 것을 일부러 받지 않았는데 그것이 아버지의 마지막 전화였고, 전화가 걸려왔다는 것을 엄마에게 일부러 숨긴 소년이 있었다. 아버지의 죽음을 믿을 수 없었기 때문이다. 죽었다는 아버지는 시체가 없었기 때문에 소년은 받아들이기 어려웠고, 세계무역센터 건물 안에서 산산조각이 난 아버지의 세포는 자기가 숨 쉬는 코로도 들어올 것이라는 상상을 한다. 정말 아버지가 죽었는지, 그대로 사라져 버렸는지 아니면 아직 돌아오지 않았을 뿐인지를 확인하지 못했으므로 급기야 소년은 사라져 버린 아버지를 찾기 시작한다.

어릴 적에 유괴당할 뻔한 적이 있었다. 지금도 나는 그때 나를 데리고 갔던 여자의 행위를 이해하기 위한 열쇠를 가지지 못했으므로 아직 그녀의 행위를 온전히 이해하지 못한다. 그러나 나는 무사히 살아서 돌아왔기 때문에 오랜 시간이 지난 지금 굳이 그 열쇠를 찾아야 할 이유도 없지만 아버지를 잃어버린 소년 오스카는 그렇지 않다.

상상의 나래 속에서 온갖 난해한 질문에 모두 대답해 주던 아버지, 〈뉴욕 타임스〉를 읽으면서 오자나 오류를 찾아내던 아버지는 오스카에게는 그 큰 신문사의 기자보다도 더 위대했으므로 "아빠와 있을 때는 내 머리도 잠잠했다. 아무것도 발명해 낼 필요가 없었으므로." 그렇게 위대했고 오스카의 전부였던 아버지는 9.11테러가 일어나던 날, 집의 무선응답기에 세 통의 전화를 남기고 사라져 버렸다.

오스카는 믿을 수 없을 만큼 상상력이 풍부하고 다채로운 언어를 사용한다. 가령 오스카는 평생에 걸쳐 단 두 번만 리무진을 타봤는데 그 한 번이 바로 자기 아버지의 장례식 날이다. 장례식 리무진을 타고 가면서 오스카는 차 안의 음울한 분위기를 참을 수 없어 기사에게 말을 건넨다. "앞좌석은 아저씨 엄마의 질구膣口에 있고 뒷좌석은 아저씨의 영묘靈廟에 있을 정도로 믿을 수 없을 만큼 긴 리무진을 만들 수 있겠어요." 오스카는 태어남과 죽음이라는 것이 따로 떨어져 있는 것이 아니라 기다란 리무진의 앞과 뒤처럼 연결되어 있다고 상상함으로써 사라져 버린 아버지의 흔적을 찾고 싶은 것이다.

오스카는 아버지가 사라진 후 일 년이 지났어도 샤워를 하거나 엘리베이터를 타거나 현수교, 세균, 비행기, 불꽃놀이, 지하철이나 레스토랑, 커피숍의 아랍인들을 만나는 게 힘들다. 하수구, 지하철 격자창, 주인 없는 가방, 신발, 콧수염을 기른 사람들, 연기, 매듭, 높은 건물, 터번 등으로부터 공포를 느낀다. 그러니까 아버지를 죽게 한 테러와 관련되는 모든 것들을 오스카는 극복하지 못한다. 그러다가 드디어 아버지를 찾아 나서기 시작한다. 장례식은 치렀지만 그것은 아버지의 영혼을 담은 빈 관을 매장하는 것이었으므로 오스카는 정작 죽은 아버지를 본 적이 없었고, 그래서 살아 있는 아버지나 그 비슷한 아버지의 존재를 확인하고 싶었던 것이다.

오스카는 아버지의 서재에서 우연히 발견한 파란색 꽃병이 부서지면서 블랙이라는 메모지와 함께 보통 열쇠보다 훨씬 두껍고 짧은 열쇠를 발견한다. 아버지라는 존재는 블랙이라는 이름을 가진 사람이나 또는 그 열쇠가 맞는 어느 집에서 발견될 것이라는 상상을 하면서, 오스카는 블랙이라는 이름을 가진 사람을 찾아나서며 열쇠를 통해 존재와 무의 세계를 열어가기 시작한다. 수많은 블랙들을 만나면서 오스카는 그들의 집에 열쇠를 꽂아보고 이야기를 해보지만 아버지는 나타나지 않는다.

오스카는 이미 스티븐 호킹의 『시간의 역사』를 통해 삶이 상대적으로 얼마나 무의미한지, 자신의 존재여부가 얼마나 사소한 문제인지를 알고 있다. 그러나 아버지는 그런 생각을 하는 오스카에게 사하라 사막에서 모래 한 알을 옮겨 놓았을 때 이미 오스카가 사하라를 변화시켰다는 것을 깨우쳐 준 사람이다. 존재는 의미가 없거나 사소한 것이 아니라 시간의 관점에서 보면 하찮기 그지없지만 존재 자체만으로 이미 충분히 우주를 변화시킬 수 있다는 것을 말해 준 것이다.

오스카는 수많은 블랙의 집 여기저기 열쇠를 꽂아보다가 코끼리 사진을 하나 발견한다. 코끼리는 사람이 들을 수 있는 소리보다 훨씬 더 깊은 소리를 내는데 코끼리들은 그런 소리를 통해 서로 교감한다고 아버지가 말해준 적이 있었다. 오스카는 사람끼리는 들을 수 없지만 아버지가 들을지도 모를 코끼리 소리만큼이나 깊은 소리를 내어 아버지와 소통하고 싶어 한다. 그러나 인간인 오스카는 이미 영적인 교감을 하는 그 소리로부터 멀어졌으므로 아버지를 찾아내는 방법은 열쇠에 맞는 자물쇠를 찾아내는 것뿐이라고 믿는다. 그러면서 오스카는 아버지가 없는 세상과의 소통을 시작한다.

아버지가 죽기 전의 오스카에게 세계는 아버지였고 아버지가 오스카에게는 세계의 전부였다. 그러나 수많은 블랙들을 만나면서 오스카는 알아가기 시작한다. "인간은 얼굴을 붉히고, 웃음을 터트리고, 종교를 갖고, 전쟁을 하고, 키스를 하는 유일한 동물이에요. 그러니까 어떻게 보면 키스를 많이 하면 할수록 점점 더 인간다워지는 거죠." 그러니까 오스카는 아버지가 없는 세계의 사람들과 웃고 얼굴을 붉히면서 살아가기 시작하는 것이다.

오스카의 할머니와 할아버지는 젊은 시절에 집 안에 무無의 공간을 설정해 놓고 살았다. 둘은 절대 그 공간을 쳐다보지 않았는데 그들에게 그 공간은 존재하지 않는 것이나 마찬가지였고, 그 안에 있을 때는 그 사람도 존재하지 않았다. 하지만 집안에 무의 공간이 늘어나고 포화상태가 되면서 "무와 존재 사이에 균열이 생기기 시작했어. 아침이면 무인 꽃병이 누군가의 기억처럼 존재의 그림자를 던졌어. 밤이면 손님용 침실에서 무인 불빛이 무인 문 아래로 흘러나와 존재인 복도를 물들였어. 무심코 무를 가로지르지 않고는 존재에서 존재로 나아가기가 어려웠단다. 존재 - 열쇠, 펜, 회중시계-를 무심코 무의 공간에 두고 왔다가는 절대 도로 가져올 수가 없었"다고 할머니는 고백한다.

오스카가 가진 열쇠는 존재였고, 있으면서도 존재하지 않는 아버지는 무였던 것이다. 오스카가 존재인 열쇠나 펜이나 회중시계를 가지기 위해서는 무인 아버지를 가로지르지 않고는 절대 가질 수 없다. 오스카는 무인 아버지를 넘어서야만 존재의 자리에 설 수 있는 것이다. 할머니가 무의 공간을 통해 존재의 섬에 있다는 것을 깨우친 것처럼 오스카 역시 무인 아버지를 통해 자신의 존재를 깨달아 가기를 할머니는 바란 것이다.

오스카가 찾아 나섰던 수많은 블랙 중 한 블랙이 오스카에게 드뷔시의 '가라앉은 사원(sunken cathedral)'이라는 음악을 들려주었다. 이 소설에는 오스카가 자기 아버지를 찾기 위해 사용한 열쇠라는 사물을 해명하기 위한 여러 장치가 도입되었는데 그중 하나가 바로 이 드뷔시의 '가라앉은 사원'이다.

해수면보다 낮은 곳에 공주를 위한 사원을 지었던 왕은 사원을 보호하기 위해 제방을 쌓고 문을 만들었는데 그 문의 열쇠는 왕이 늘 가지고 다녔다. 그런데 악마가 공주를 유혹하여 왕으로부터 열쇠를 훔치게 만들고 폭풍우를 불게 해서 그 도시를 물속에 빠트렸다. 위험에 빠진 도시를 구하려고 선지자가 나타나 왕에게 딸을 물속에 밀어 넣으라고 하는데 처음에는 거절하다가 결국 물속에 밀어 넣는다. 공주는 인어공주가 되고 바다가 조용한 날이면 바닷속에서 종소리가 들린다는 전설을 이용해 만든 음악이 바로 이 '가라앉은 사원'이다. 블랙은 오스카가 아버지를 바다에 밀어 넣고 새로운 세계를 건설하기를 바란다. 바다에서는 끊임없이 아버지의 소리가 들려오겠지만.

그런 과정들을 통해서 오스카는 점점 무로 되어버린 아버지를 인정하기 시작한다. 아버지가 묻힌 텅 빈 관, 아버지는 세포로 이루어져 있고, 그 세포들은 지붕 위에, 강물 속에, 뉴욕에 사는 수백만 명의 폐 속에 있으며, 사람들은 말할 때마다 아버지를 들이마시고 있다고 상상한다.

오스카는 이제 아버지가 구축해 준 어릴 적의 환상의 세계에서 벗어나 이 땅 위의 세계에서 살기 시작한 것이다. 그렇지만 갑자기 아버지가 사라져버린 이 현실을 믿을 수 없고, 혼자서 사라져 버린 아버지의 전화를 일부러 받지 않은 것에 대한 용서를 구하고 싶어진다. 그래서 엄마에게 말한다. 죽어서 자신을 홀로 남겨두는 일이 절대 없도록 하겠다고 약속해 달라고, 그것은 전화를 받지 못해서 아버지를 죽음 속에 홀로 내버려 두었던 자신에 대한 자책과 엄마에 대한 원망이 혼재한 마음이다.

원자폭탄이 떨어졌던 히로시마에서 생존한 사람을 인터뷰한 영상에는 이런 내용이 있었다. "죽음이란 그런 것입니다. 군인들이 어떤 제복을 입었는가는 중요하지 않습니다. 얼마나 좋은 무기를 가졌는가도 상관없습니다. 제가 봤던 것을 모두가 볼 수 있다면 다시는 전쟁 따위는 일어나지 않을 거라고 생각합니다." 이 사람의 말처럼 전쟁이나 테러는 세상의 모든 좋은 것들과 상관없이 그 자체로 끔찍하고 가장 비인간적인 상황이다. 오스카가 찾아다녔던 아버지의 모든 흔적은 아버지를 죽게 만든 테러의 끔찍함을 확인하는 과정인지도 모른다.

오스카는 점점 지하철을 견딜 수 있게 되었고, 이제는 뉴욕에 있다고 생각되는 구골플렉스[2]), 가령 수치로 표현하자면 161,999,999개쯤 되는 자물쇠에 열쇠를 전부 넣어보지 않아도 되게 되었다. 그러나 여전히 자물

---

2) 10을 10의 100제곱한 수. 실제로는 존재하지 않기 때문에 상상할 수 없는, 세상에서 가장 큰 수.

쇠는 확실하게 열리지 않는다. 왜 아버지는 안녕이라고 말하지 않았는지, 왜 아버지는 사랑한다고 말하지 않았는지 오스카는 알 수 없기 때문이다.

그리움은 사랑보다 더 강하고 사랑하는 것을 잃을까 봐 너무 두려운 나머지 아무것도 사랑하지 않기로 한 할아버지처럼, 사랑한다고 말하는 순간 사랑하는 것을 잃어버릴까 봐 사랑한다고 말하지 못했다는 것도 오스카는 알지 못한다. 안녕이라는 말과 사랑한다는 말은 아무리 애써 보아도 아무리 간절히 원해도 보낼 수 없는 말이라는 것을 아직 오스카는 모른다. 그에 대한 답은 할머니가 만들어 준다. "사랑하는 사람한테 어떻게 사랑한다는 말을 하겠니? 그러나 그 말은 언제나 해야 한다." "사랑한다."라고 할머니가 해 준 말은 아버지가 바로 할머니의 입을 통해서 오스카에게 전해 준 말이었다. 오스카는 평생 든 것 중에서 가장 커다란 멍, 그래서 자신이 멍 자체로 변해버린 멍을 끌어안고 살게 될 것이지만 아버지로부터 사랑한다는 말을 들었으므로 역설적으로 아버지로부터 거리를 두게 된다.

오스카는 뉴욕에 있을지도 모를 구골플렉스만큼이나 수를 헤아리기 어려운 만큼의 자물쇠를 더 이상은 찾아 나서지 않아도 될 것이다. 그러나 열쇠에 맞는 자물쇠를 찾아 나서는 과정을 통해 빌딩에서 떨어진 아버지가 다시 빌딩 위로 올라가고, 살아 있을 때와 마찬가지로 아침이면 도시로 출근하고 저녁이면 퇴근하는 아버지를 상상한다. 아버지는 어디에도 없지만 아버지가 돌아가셨다는 진실 또한 받아들이기로 한다. 존재의 세계에 발을 디디고 살려면 무의 세계를 디디지 않고는 살 수가 없고, 아버지는 사라진 것이 아니라 존재의 세계 안에 있을 무의 세계에 여전히 존재하고 있기 때문이다.

엄청나게 시끄럽고 믿을 수 없게 가까운 아버지는 오스카에게서 떠난 것이 아니라 무라는 또 다른 세계에 존재하고 있다. 헤아리기 어려운 수많은 자물쇠가 있어 오스카가 미처 자신이 가진 하나의 열쇠로 전부를 맞추어 볼 수 없을 뿐인 어느 공간에 아버지는 여전히 숨 쉬고 있는 것이다. 그리고 전화를 받지 못한 죄책감은 이제 더 이상 느끼지 않는다. 그래도 오스카는 아무 일도 일어나지 않을 것으로 생각했으며, 그 빌딩이 무너지지 않았다면 그날도 여전히 오스카에게는 아무 일도 일어나지 않았을 것이고, 전화를 받지 않는 일쯤이야 일상에서 너무나 흔하게 일어나는 일이기 때문이다. 그러므로 사랑한다는 말을 남기지 않은 아버지나 아버지의 마지막 전화를 일부러 받지 않은 일은 용서해야 할 일이 아니다. 아버지는 사라진 것이 아니라 무의 세계에 존재하므로, 그러므로 아버지의 장례식 때 사용한 빈 관은 더 이상 거기에 묻혀 있을 이유가 없다.

이 소설은 내용만큼이나 다양한 사진과 타이포그래피를 이용한 실험적인 장치들이 너무나 많아서 문자가 미처 설명해 주지 못하는 다양한 일들을 더 명확히 설명해 준다. 굳이 실험적인 소설이라고 설명하지 않아도 소년의 감정을 드러내기 위한 언어의 한계를 그림이나 사진들이 더 잘 드러내기 때문이다.

이 소설은 나에게 많은 예술적 영감을 주었다. 결국은 누구나 사랑하는 사람을 잃게 되고, 부치지 못한 편지를 쓰고, 얼굴 없는 폭력 앞에서 상처를 입게 되겠지만 오스카처럼 상처를 회복해 가는 다른 많은 사람들을 보았기 때문이다. 인간에게 결국 남은 것 또한 사랑이라는 것을 확인하는 것은 얼마나 가슴 아픈 일인가.

혼돈에서 생성된 하느님, 치즈와 구더기

- 카를로 진즈부르크의 『치즈와 구더기』

"흙과 공기, 물, 그리고 불, 이 모든 것은 혼돈 그 자체이다. 이 모든 것이 함께 하나의 큰 덩어리를 형성하는데 이는 마치 우유에서 치즈가 만들어지고 그 속에서 구더기가 생겨나는 것과 같은 이치이다. 이 구더기들은 천사이다. 한 지고지선한 존재는 이들이 하느님과 천사이기를 원하였고, 그 수많은 천사들 중에서 같은 시간대에 그 큰 덩어리로 만들어진 신도 있었다."

16세기 이탈리아의 프리울리라는 한 촌락에 메노키오라는 별명으로 불리는 방앗간 주인이 있었다. 『치즈와 구더기』라는 이 책은 이단 재판 기록에 남겨진 메노키오에 대한 실제 이야기이며 당시 이탈리아 민중들의 삶을 그린 미시사이기도 하다.

그는 방앗간 주인과 목수, 벌목꾼, 석공 등의 잡다한 일들을 닥치는 대로 하면서 살았는데 그의 인생에서 가장 큰 불행은 그가 읽고 쓸 줄 알았다는 것이다. 무엇보다도 그는 "사제들은 우리를 자신들의 발밑에 두려고 하며, 자신들은 즐기면서 우리에게는 침묵을 강요할 뿐"이라고 공공연히 말하고 다녔다는 것에 문제가 있었다. 또한 "공기는 하느님이다. 대지는 우리의 어머니이다. 하느님은 단지 은은한 숨결일 뿐이고, 사람들이 상상하는 그 모든 것이다. 우리가 보는 모든 것이 하느님이고 우리는 작은 신들이다. 하늘·땅·바다·공기·심연 그리고 지옥, 이 모든 것이 곧 하느님이다.

여러분은 예수 그리스도가 처녀 마리아에게서 태어났다는 것을 믿는가?"라고 말하고 다니는 것은 이제 막 중세의 암흑기에서 벗어난 16세기의 이탈리아에서는 자신이 신앙에서 이단적인 사상을 가지고 있음을 말하는 것이나 다름없었다. 그리고 당시에 그런 생각을 공공연히 말하고 다니는 것은 죽음으로 이어질 수 있는 중대한 문제였다. 무엇보다도 신앙의 문제는 일개 방앗간 주인이 아무리 중산층의 삶을 살고 있다고 하더라도 논하기에는 너무나 고상하고 어려운 문제였다. 그것은 촌락의 지배계층이나 사제들이 논할 문제였지 방앗간 주인이 말하기에는 사제들의 자존심이 상하는 문제였다.

그러나 메노키오는 이미 글자를 읽고 쓸 줄 알았고 간단한 셈도 할 줄 알았으며, 책을 구할 만큼의 재력도 있었기 때문에 마을 사람들이 보지 못하는 여러 가지 책들을 구해 읽었고, 그래서 나름대로 신에 대한 확고한 생각을 가지고 있었다. 바로 우유에서 치즈가 만들어지고 그 속에서 구더기가 생겨나는데 이 구더기들은 천사이고 하느님이라는 생각 말이다.

메노키오는 어려운 일이 생겨서 법정에 불려가면 지배계층은 라틴어를 쓰면서 재판을 하는데 그들이 라틴어를 쓰는 것은 가난한 사람들에 대한 배신행위라고 말했다. 가난한 사람들은 소송이 진행되는 동안 무슨 말을 하는지 몰라 좌절하기 때문이다. 가난한 사람들이 경작할 농지를 빌리면 그것은 대부분 사제들의 것이며, 신의 영광은 기독교인에게만 적용되는 것이 아니라 이단자, 터키인, 유대인 등 이 모든 사람들에게 공평하게 적용된다고도 하였다.

교회에서 하는 세례를 포함하여 모든 성사는 사제의 착취와 억압의 수단인 상업적 발명품으로 자신은 이를 거부한다고 선언하였다. 교회의 율법과 계율이 모두 장사수단이며 성직자들은 이러한 수단을 통해 생계를 유지한다고 보았기 때문이다.

16세기의 방앗간 주인이라는 존재는 사제들에게서 경작지를 임대하여 농사를 짓는 농부들보다는 부유하였지만 계급적인 지위는 그들과 다름이 없었다. 중세의 신 중심적인 사회에서 겨우 벗어나 근대로 들어서려는 유럽이긴 하지만 아직은 중세의 신 아래서 살아가는 촌락의 한 방앗간 주인이었던 그가 사제들을 향하여 "여러분은 마치 악마와도 같지요. 당신들은 이 땅에서 신이기를 원하며 악마의 흔적을 추종하여 전지전능해지려고 합니다."라고 하였으니 사제들이 그를 가만히 놔두었을 리가 만무하였다.

그러나 메노키오의 신념은 확고하였다. 그는 신을 본 적도 없으며, 동정녀 마리아에게서 아들이 태어난다는 것은 아무리 생각해도 인정할 수 없는 일이었다. 차라리 정결한 마리아와 요셉에게서 태어난 예수였다면 인정할 수 있었을 텐데 동정녀 마리아에게서 태어난 예수라는 존재가 인간의 죄를 대신하여 십자가에 매달렸다는 것은 인정하고 싶지 않았다. 어떻게 남자 없이 여자가 아이를 낳는단 말인가. 그것은 인간 삶의 질서에서는 받아들일 수 없는 일이었다.

성자와 성신과 성령이라는 이 삼위일체의 교리대로 하자면 예수는 십자가에 매달려 죽을 것이 아니라 당연히 하느님이 살렸어야 한다고 생각한 것이다. 예수는 하느님의 아들인데 아들을 죽게 하는 아버지가 어디 있단 말인가. 우유에서 치즈가 만들어지고 치즈에서 구더기가 만들어지는 것은 그 당시 이탈리아 농촌에서 사는 사람이라면 항상 보아왔던 일이었고, 그것은 인간 예수가 신 예수라는 것을 믿으라는 것보다 훨씬 믿기 쉬운 일이었다.

예배를 드릴 때 먹는 성체의 빵은 당연히 메노키오에게는 밀가루 반죽 덩어리에 불과했다. 그것이 어떻게 신이 될 수 있단 말인가. 신은 흙, 물, 공기 이외의 것은 아니었다. 만물의 근원은 물이라고 주장한 탈레스나, 불이라고 주장한 헤라클레이토스, 공기라고 주장한 아낙시메네스는 BC 600~500년대 사람이지만 자기들이 사는 주변 환경에서 가장 친숙하면서 고귀하다고 생각하는 것을 생명의 근원이라고 보았다. 고대를 넘어 중세를 건너뛰어 근대가 시작되는 시점이었지만 메노키오 역시 이 사고에서 벗어나지 않았다. 메노키오의 주변에는 흙과 물, 불, 공기로 인해 사람들이 생명을 이어가고 있었고, 사제들이 말하는 신은 눈에 보이지 않았다. 그러나 오랜 종교 생활로 인해 신의 존재는 부정하지 않았고 메노키오는 사제들이 말하는 그 신은 세상 만물에 깃들어 있다고 보았다. 당시에는 재판을 통해 목숨까지 잃을 수 있는 엄청나게 이단적인 생각이었지만 메노키오는 자기의 생각을 포기하지 않았고 기회가 있으면 마을 사람들에게 공공연히 말하였다.

우리가 도시 생활을 하지 않고 농사를 지어서 살거나 어업으로 산다면 우리에게 가장 중요한 것은 농사나 어업의 기반이 되는 것이다. 농사를 짓기 위한 흙이나 물, 불, 공기는 인간의 생명을 좌우할 정도로 필요한 것이었으니 메노키오가 이 흙이나 물, 불, 공기에 모두 신이 깃들어 있다는 범신론적 사고를 가지고 있는 것은 어쩌면 당연하다고 할 수 있다. 거기에다 학교를 다녀서 쓰고 읽을 줄 알았던 그는 문화인류학적인 여러 책들을 읽었고, 예전부터 구전되어 오던 여러 가지 이야기들을 자신이 읽은 책들과 연결하여 사유할 수 있는 능력을 가지고 있었다.

낮은 지적 수준이긴 하였지만 읽은 책들과 자신이 살아가던 환경에서 그는 당시 민중들을 억압하는 가장 대표적인 주체가 성직자 계급이라고 보았다. 모든 것이 교회와 사제들의 소유였고 그들이 가난한 사람을 억압하고 있었기 때문이다. 이것 역시 엄청난 사유의 반전이었다. 당시 사람들이 억압당한다는 생각을 가졌는지는 알 수 없지만 자료를 보면 그가 살았던 프리울리 근방에서 두서너 명의 사람들은 그런 생각을 할 줄 알았던 것으로 보인다.

무엇보다 먹고 사는 문제가 중요했던 당시 민중들에게 우유와 치즈는 중요한 사물이었다. 그것은 재산을 늘리는 데도 기여했지만 당장 목숨을 이어가는데 없어서는 안 될 사물이었다. 치즈를 만드는 것을 가만히 지켜보던 메노키오는 구더기가 생기는 것을 보고 신은 아마 그 치즈 속의 구더기가 아닐까 생각했다. 우유라는 유에서 치즈라는 유가 생겨났지만 구더기는 근원을 알 수 없는 물질로부터 생겨난 존재였기 때문이다. 무에서 유가 생겨난 것이다. 치즈라는 것에서 치즈와는 전혀 상관이 없는 구더기가 생긴다는 것은 인간과는 전혀 다른 존재인 신이 생겨난 것과 유사했다. 우유에서 치즈가 만들어지는 것은 이해할 수 있는 과정이었지만 치즈에서 생겨나는 구더기라는 것은 전혀 뜻밖의 존재였다. 그래서 그는 생각했다. 신은 치즈에서 생겨나는 구더기일지도 모른다고.

메노키오에게 치즈는 어릴 적부터 익숙한 사물이었고, 구더기도 당연히 그랬을 것이다. 다만 치즈는 우유를 굳히면 만들어지는 과정을 통해 한 사물의 성격이 바뀌어서 만들어지는 또 다른 사물이었지만 구더기는 전혀 그렇지 않았다. 구더기는 무엇에서 만들어졌다고 보기 어려운, 완전히 낯설고 근원을 알기 어려운 것이었다. 인간은 어머니에게서 태어나기 때문에 생명 탄생의 과정을 볼 수 있지만 신이라는 존재는 보이지도 않고 만들어진 과정을 이해하기도 어렵다.

보이지 않는 것을 믿을 수 없었던 유물론적 사고를 가지고 있던 메노키오는 자기 나름대로 신이라는 존재가 주변에서 보는 것처럼 치즈에서 생겨난 구더기가 아닐까 생각했고, 그것은 그가 읽은 여러 가지 책들과 마을에서 오랫동안 구전되어 오던 이야기들이 결합되어 그렇게 믿게 된 것이다. 그것이 신은 보이지 않으니 없다고 생각하는 것보다 좀 뜬금없긴 하지만, 치즈에서 생겨난 구더기처럼 전혀 엉뚱한 것에서 생겨난 존재일지도 모른다고 믿는 것이 더 쉬웠을지도 모른다.

메노키오는 당시 이탈리아에서 전개된 종교적 논쟁의 핵심 주제였던 면죄와 예정설에 대해서 사제들과는 다른 생각을 가지고 있었다. 어떤 사람이 죄를 지었으면 그 자신이 회개를 해야지 그리스도가 인간을 구원하기 위해서 대신 죽었다는 면죄와, 하느님이 누구에게나 영원한 삶을 예정했다는 예정설은 그로서는 믿기 어려운 문제였다. 그는 선량한 사람이었고, 농촌에서 사는 사람이었다. 기독교의 천지창조설은 치즈에서 구더기가 나온다는 메노키오의 우주창조설로 대체되었고, 그들이 보는 모든 것, 즉 하늘, 땅, 바다, 공기, 심연, 지옥 이 모든 것이 하느님이고 인간은 작은 신이라고 믿었다.

또한 그는 여러 가지 책을 읽으면서 비판적 독서를 할 수 있는 능력이 있었는데 대표적인 것이 야코포 다 보라지네의 『황금 전설』을 읽고 가진 마리아에 대한 불경스러운 생각들이다. 그 책에 나오는 마리아에 대한 불경스러운 장례식은 메노키오로 하여금 마리아의 미천한 신분을 확인하는 계기가 되었다. 즉 메노키오는 책을 읽고 편파적이고 임의적이긴 하지만 자기 나름대로 해석할 수 있는 능력이 있었던 것이다.

메노키오는 여러 가지 책을 읽으면서 마을 사람들에게 다음과 같이 말하였다. "태초에 세계는 아무것도 아니었다. 거품과 같은 것이 바닷물에 부딪혀 마치 치즈처럼 엉겨 있다가 후에 그 속에서 헤아릴 수 없이 많은 구더기들이 태어나서 인간이 되었다. 이 구더기들 중에서 가장 강력하고 현명한 것은 하느님이었고 나머지 사람들은 모두 그에게 복종하게 된 것이다." 그리고 하느님은 인간에게 의지와 지성을 주었다고 믿었다.

황당하긴 하지만 황당하다고만은 할 수 없는 것이 메노키오의 생각이다. 우리는 아직 신이 어디서부터 왔는지, 신은 과연 존재하는지 누구도 알 수 없기 때문이다. 그래서 나도 생각한다. 신은 우리 주변의 풀, 나무, 돌, 꽃들에 있다고, 어쩌면 치즈에서 나오는 구더기에도 신은 있다고. 아니면 신은 아예 없거나.

말씀이 있기 전에 은유가 있었다, 휘파람

- 엔리코 이안니엘로의 『원더풀 이시도로, 원더풀 라이프』

내가 세상에 태어나서 가장 먼저 한 말은 아, 으 같은 어머니의 말, 태초의 말인 모음들이었다. 한동안 아마도 나는 아, 으 같은 말들로 나의 어머니와 의사소통을 했을 것이고, 나의 어머니는 아무런 착오 없이 이 말들을 알아들었을 것이다. 그뿐만 아니라 이웃들에게 나의 언어를 통역해 줬을 것이고 이웃들도 어머니의 통역에 고개를 끄떡였을 것이다. 나뿐만 아니라 모두가 그랬을 것이고, 그들의 아이 역시도 그 말들을 통해 세상과 대화를 시작했을 것이다.

모음들과의 소통은 어머니와는 충분했으나 이웃들과 불충분하여 나는 자음들을 익혔고, 그리하여 세상과의 대화에 충분한 언어를 익혔다. 원초적인 언어, 어린아이가 아직 자기가 속한 사회의 언어를 배우기 이전의 언어가 바로 이 모음들이다. 그러므로 언어가 대상과 일대일 대응을 지시한다는 언어학자들의 말은 틀렸다. 아기였을 때 나는 아, 으 같은 단순 언어로도 충분히 소통을 했고, 그것은 하나가 아니라 많은 지시대상을 가지고 있었으며 의미는 다양했다. 단지 높낮이가 달랐고 길이가 달랐고 말할 때의 내 기분이 달랐을 뿐이다.

이 글의 주인공인 이시도로는 태어나서 '응애' 하고 운 것이 아니라 '프리이' 하고 휘파람을 불었고, 간호사가 기도관을 터주려고 코에 관을 삽입했을 때 두 번째 휘파람 소리를 냈다. 이시도로는 우는 대신에 '프리이, 프리이' 하고 높은 휘파람 소리를 내었는데 당연히 그의 엄마는 금방 적응하여 의미를 이해하기 시작했다. 돌이 되면서 그는 휘파람 대신에 울음을 울기 시작했지만 그것은 검은 인도 새 알리를 만나기 전까지였다. 알리는 주인에게서 배운 말로 인간의 말도 했지만 가게를 드나드는 사람들에게 '투우우우이' 하고 주로 휘파람을 불어댔다. 알리의 투우우우이 하는 휘파람 소리가 너무나 멋있었던 그는 투우우우이 하고 휘파람을 따라 불었고, 그렇게 그들은 대화를 나누기 시작했다. 휘파람을 통해 그는 알리의 말을 알아듣고 알리는 그의 말을 알아들었던 것이다. 그렇게 그는 새들과 말문이 트였다.

이시도로는 말하고 휘파람을 부는 두 가지 발성법으로 새의 울음소리와 비슷한 소리를 내는데 사람들은 이것을 우를라피스키오(외침urlo과 휘파람fischio)라고 불렀다. 그는 이 우를라피스키오로 마을 사람들에게는 음악을 들려주고 새들과는 대화를 하면서 그의 노래는 온 마을로 퍼지기 시작한다.

무엇이든 받아주었던 아빠와 엄마가 지진으로 세상을 떠나 혼자 남은 그에게는 검은 새 알리가 있었다. 새들의 말을 알아듣던 그는 새들의 도움으로 무사히 지진을 피했지만 혼자 남은 그가 가야 하는 곳은 고아원이었다. 부모님을 잃어버린 그는 말을 잃어버리고 프랑스 사람에게서 제대로 배운 휘파람으로 세상과 소통하기 시작한다. 물론 사람들은 그의 특별한 재능을 아껴주며 그를 위로해주었고 그는 말 대신에 휘파람으로 자신의 슬픔을 극복해 나가는 것이다. 말을 잃어버린 그는 여전히 순수한 아이의 마음을 가지고 살아가는데 그것은 그를 부정하지 않고 그의 재능을 아껴주는 어른들 덕분이기도 했다.

살아가다 보면 말을 하기 싫어질 때가 있다. 말이라는 것은 때로 번잡하기 이를 데 없고, 깊은 슬픔을 제대로 건져 올릴 수 없을 만큼 빈약하다. 이시도로는 자라면서 어릴 때 옹알이하듯이 했던 우를라피스키오를 잊고 휘파람을 불었는데 부모를 잃고 말을 잃어버리면서 다시 우를라피스키오를 불게 되었다.

고아원에서 자라던 그를 데려갔던 엔초는 앞이 보이지 않는 사람이었다. 그는 앞이 보이지 않았던 것이 아니라 자신이 사랑했던 이복형제를 사고로 잃고 앞을 보고 싶지 않아서 보지 않던 사람이었다. 태초에 말씀이 있었다고 하지만 그들에게는 태초에 휘파람이 있었다. 말은 '가능성이라는 환상'이었다고 말하는 엔초에게 이시도로의 휘파람은 새로운 언어였다.

"나의 언어는 이제 낡았어. 먼지가 쌓인 채로 쳇바퀴만 돌고 있지. 인생은 변하는 거야. (…) 그런데 언어는 그렇지 않아. 뻣뻣해지지. 내게 일어나는 일을 설명하지 못해. 한때는 아주 먼 곳까지 갈 수 있는 열쇠였는데 이제는 접근조차 못 하게 가로막고 있어. 어렸을 때

언어는 내게 사다리이고 미끄럼틀이고 오토바이이지. 빗자루, 키스, 랜턴, 붕대였어. (…) 내가 그녀들에게 해 준 것은 말뿐이었어. 그녀들은 그런 말들과 사랑에 빠졌던 거야." 엔초의 말이다.

앞을 보지 않는(보지 못하는 것이 아니라) 엔초를 데리고 다니며 이시도로는 국립박물관을 휘파람으로 불었고, 산 마르티노 수도원과 나폴리 왕국, 카세르타 궁전, 폼페이를 휘파람 불면서 엔초에게 설명해 주었다. 태초에 휘파람이 있었고 엔초는 그의 휘파람을 통해 세상을 새로 보기 시작한 것이다.

생각해 보면 우리가 혼자서 산엘 가거나 들판을 거닐면 말보다는 휘파람을 불기도 한다. 말을 알아들을 사람이 없으니 산이나 들에게 휘파람으로 말을 건네는 것이다. 영화 〈지혜의 일곱 기둥〉에 보면 로렌스는 사막의 깊은 계곡을 지날 때 계곡 앞에서 소리를 지른다. 그리고 휘파람을 불면서 계곡을 지나간다. 말하자면 사막의 계곡에 사는 짐승들이나 베두인들에게 자신이 그곳을 지나간다고 보고하는 것이다. 자신은 위험한 사람이 아니며 다만 그곳을 지나갈 뿐이니 짐승들이나 베두인들이 자신을 공격하지 말고 봐달라는 신호이기도 하다.

우리가 산이나 들에서 휘파람을 부는 것도 마찬가지이다. 산이나 들에 사는 짐승들에게 내가 있음을 알리고, 그들을 공격할 의도가 없다는 것을 신호로 보내는 것이다. 그리고 혼자라서 외롭고 쓸쓸해서 자신을 위로하기 위함이기도 하다.

휘파람으로 부르는 노래도 많다. 스콜피언즈의 〈Wind of change〉의 휘파람에서 느껴지는 구속당하지 않는 자유로움이나, The 126ers의 〈The Bluest Star〉 같은 음악들은 휘파람이 언어가 하지 못하는 역할을 충분히 해주고 있다. 마치 우리가 어렸을 때 옹알이 하나로 세상과 소통했던 것처럼 휘파람은 언어를 초월하여 세상과 소통하고 있는 것이다.

아무것도 보고 싶지 않아서 눈을 막아버린 엔초처럼 이시도로도 부모를 잃은 후 그 슬픔을 말로 할 수 없어서 말을 잃어버리고 대신 자라면서 잊어버렸던 우를라 피스키오를 찾았다. 그것은 신에게 기도를 드릴 때 사용하는 방언 같기도 했고, 만트라의 기도문 같기도 했다.

"나폴리는 무無와 사랑에 빠진 완전체이자 육중한 무

無에 뿌리를 내린 가벼운 완전체이지. 실체를 가지려면 빈 공간에 얼굴을 집어넣어야 하는 입체 가면과도 같아. 우리는 집이나 베수비오 화산의 용암 아래 있는 텅 빈 공간에 떨어져 죽게 될 거야. 그러니까 우리가 할 일은 휘파람을 부는 것뿐이야. 최근에 네가 본 건물과 광장은 뭘까? 휘파람이야. 파이프 휘파람, 혀 짧은 휘파람, 통통 튀는 휘파람, 침 튀기며 부는 휘파람." 자신을 데리고 다니며 눈에 보이는 것들을 휘파람으로 설명해 주는 이시도로에게 엔초는 이렇게 말한다.

말로 표현할 수 없는 것, 뭐라 부르는지 알 수 없는 것은 휘파람으로 불면 된다. 그것 말고는 달리 도리가 없다. 그래서 이시도로는 휘파람을 불었다. 섬의 암벽의 색깔, 노란색, 녹색, 갈색을 띠는 모든 것, 배와 그물의 모양, 낚시꾼의 표정, 잘사는 촌사람의 옷, 신발과 여자들이 메고 있는 가방을.

시인 네루다와 우편배달부 마리오의 이야기를 다룬 영화 〈일 포스티노〉에서 네루다는 마리오에게 은유에 대해서 가르쳐준다. 밤하늘의 빛나는 별, 바다에서 들려오는 파도 소리, 뱃전에 부딪히는 바다의 소리, 그런 것들이 모두 은유라고. 작은 섬 칼라 디소토에 머물게 된 네루다 덕분에 시가 무엇인지 은유가 무엇인지를 알게 된 마리오는 내면의 소리를 듣기 시작하고 자연의 소리에 귀를 기울인다. 은유를 통해 시가 마리오에게 온 것이다. 은유가 무엇이냐는 마리오의 질문에 네루다는 말로 은유를 설명하지 않는다. 대신 밤하늘의 빛나는 별이나 파도 소리를 함께 보고 들으며 그것이 은유라고 말한다. 말의 한계를 알고 있었던 네루다는 말이 전부라고 알고 있던 마리오에게 또 다른 세계를 열어 준 것이다.

이시도로에게 휘파람은 사라져 버린 부모를 추억하는 방법이었고, 새들과 이야기를 나누면서 자연과 하나가 되는 방법이었다. 그는 휘파람으로 사람들에게 새들이 하는 말을 들려주었고, 인간의 말을 배운 검은 새 알리는 사람들에게 그의 말을 통역해 주었다.

새들과 대화를 나누었다는 프란체스코 성인은 새들에게 설교를 했고, 새들의 말을 알아듣는 이시도로는 특별한 재능을 가진 아이였다. 그에게는 태초에 말씀이 있었던 것이 아니라 휘파람이 있었고, 나중에 말씀이 생긴 것이다. 그는 천지창조를 휘파람으로 설명할 수 있었지만 이미 어릴 적에 휘파람을 잃어버린 사람들은 그의 말을 알아들을 수 없어 문자에 의지했다. 문자나 말에는 한계가 있었지만 휘파람에는 한계가 없었다. 그것은 일상의 언어 이전에 존재했던 태초의 언어였기 때문이다.

엔초가 좋아하던 것은 아방가르드 연극이었는데 그라고 그 연극이 모두 이해되는 것은 아니었다. 빛과 소리, 혼란, 뒤죽박죽인 장면들이 있었고 침묵이 있는 공연이기도 했다. 엔초는 그 공연을 말로 설명할 수가 없었다. "바로 이 순간을 위해서 여기에 오는 거야. 나는 일련의 침묵을 수집하고 있는 중이야." 엔초는 공연 마지막 날 단 한 글자를 적었다. 그 한 글자는 눈에 보이지 않았다. "이것이 연극을 보던 그날 저녁 가장 아름다운 침묵 전에 생각난 단어란다. 이 몇 개 되지 않는 검은색 획은 백지의 여백을 읽는 데 필요하다. 일본 선종 정원에 있는 수풀로 만든 문과 같은 것이야. 이 단어는 바로 문턱이 되는 셈이지." 엔초가 적었던 모든 단어에는 압도적인 침묵의 백지가 뒤따랐다.

이시도로는 엔초와 함께 아방가르드 연극을 보면서 자기도 모르게 우를라피스키오를 하기도 했다. 이시도로에게 말은 지진이 일어나서 부모를 잃기 전의 어린 시절과 연결되어 있었다. 농부의 말, 공산주의자였던 아버지의 연대의 말, 사색적이면서 감성적이었던 아버지의 말, 이웃 아저씨들의 재미있고 신비했던 말, 엄마의 숨결에서 느껴지는 것들은 모두 말이었지만 그것은 지진이 나면서 잊혀졌다. 그에게 남은 것은 휘파람뿐이었다.

문득 생각한다. 케이지가 자신의 음악 〈4분 33초〉에서 침묵과 객석의 소음 대신에 휘파람을 넣었다면 어땠을까. 4분 33초 동안 리듬도 곡절도 없이 휘파람만 불었다면 휘파람은 그 침묵을 대신해 줄 수 있었을까.

주변이 적막해서 견디기 어려우면 입을 오물거리며 불었던 휘파람이 있다. 그리고 이시도로는 휘파람으로 생의 희극과 비극을 건너며 살아가게 되었다. 그는 기대가 적으면 아름다움이 더 넘쳐난다는 것을 어린 시절 친구에게서 배우며 휘파람이 아닌 말을 찾아간다. 태초에 말씀이 있었다던 신의 말처럼 성장하면서 이시도로는 사랑을 통해 비로소 말을 찾아간다. 인간에게는 말이 있었던 것이다.

혼자서 행복하면 불행한 인간이 된다는 것, 페스트
- 알베르 카뮈의 『페스트』

"이 세상 그 무엇도 자신의 사랑에 등을 돌릴 만큼 가치 있는 건 없어요. 한데 저 역시 그렇게 했지요. 영문도 모르면서 말입니다."

의사 리유는 페스트로 격리된 도시에서 탈출해 애인에게 돌아가기 위해 불법적인 모험을 감행하려다 다시 도시에 남아 환자들을 돌보기로 한 신문기자 랑베르에게 이렇게 말했다. 랑베르는 그 도시가 원래 자신이 살던 도시도 아니었고, 애인은 딴 곳에 있었으므로 갑자기 시행된 봉쇄조치 때문에 탈출할 방법만 찾고 있었다. 리유는 환자들을 돌보느라 잠도 제대로 못 자는데, 그를 따라다니며 자원봉사를 하던 사람들을 호텔에서 구경만 하던 랑베르는 어느 날 문득 깨닫는다. 혼자서

만 행복하면 불행하다는 것을, 그러나 자원봉사자 타루는 만약 랑베르가 남들과 함께 불행을 나눌 생각이라면 행복을 위한 시간은 앞으로 없을 것이라고 지적했다. 도시에는 불행만 남은 것이다.

코로나19가 대구를 강타했을 때 누구도 이 도시를 버리고 떠나지 않았다. 떠나기는커녕 많은 사람이 도시로 들어와 환자들을 치료하고 건강한 사람들은 환자들을 위한 자원봉사를 했고, 행정업무를 도왔다. 이 도시에 사는 한 행복도 불행도 함께 나누어야 한다는 것을 사람들은 알고 있었기 때문이다.

한 번도 겪어보지 못한 일, 역사상 앞으로는 절대 일어나지 않아야 할 일이 21세기를 사는 우리에게 일어났다. 어릴 때부터 수많은 예방주사를 맞으면서 어떤 전염병도 우리를 쓰러뜨리지 못할 것이라고 생각했다. 그러나 코로나19가 도시를 휩쓸었을 때 우리가 할 수 있는 일이란 고작 집으로 숨는 것뿐이었다. 닫힌 현관문을 열면 코로나가 집 안으로 들어올 것만 같아 문을 열기도 두려웠다. 형체가 드러나지 않는 괴물처럼 코로나는 있지만 없었고, 없지만 있는 괴이한 형체로 사람들을 쓰러뜨렸다. 사람들은 스스로를 위리안치시키기를 주저하지 않았고, 서로가 서로를 죽일 수도 있다는 공포 때문에 코로나가 스며들지도 모를 입과 코는 마스크로 가리면서 눈은 더 크게 떠야만 했다. 사람이 가장 무서운 적이 되었고, 유폐 말고는 코로나에 맞설 적당한 방법이 없었다.

과학기술과 문명이 역사상 최고의 수준에 도달해 있다고 떠들었고, 사람보다 훨씬 탁월한 AI가 곧 백신을 개발하고 치료 약을 개발해낼 수 있을 것이라고 믿으면서 우리는 생전 처음 들어보는 자가격리라는 말을 별 거부감 없이 받아들였다. 그러나 천하의 바둑천재인 이세돌을 가볍게 물리쳤던 AI도 코로나 앞에서는 속수무책이었는지 사람들은 가장 고전적인 방법인 격리로 스스로를 지켜야만 했다. 사람들은 닫힌 문 안에서 덫에 걸린 짐승처럼 죽어갔고, 영문도 모른 채 몸으로 스며드는 바이러스와 싸워야 했다. 지금은 현대적인 도시에서 살고 있기 때문에 전염병쯤은 가볍게 물리칠 줄 알았지만 실상은 그렇지 못했다.

프랑스를 비롯한 유럽 전역에 유행한 페스트로 당시 유럽 인구의 절반 가량이 사망했던 때는 14세기 중엽이었다. 위생과 의료가 엉망이었던 시기였으므로 페스트의 유행은 어찌 보면 당연한 일이기도 했다. 그때 사람들이 할 수 있는 일이란 사람과 사람을 격리시키고 도시를 봉쇄하는 것이었다. 몇 명의 의사들이 치료 약과 백신을 개발하기 위해 애를 썼지만 요원한 일이었고, 약 5년 동안 유럽을 휩쓸었던 페스트로 희생된 인구는 이후 약 2백여 년이 걸려서야 되찾을 수 있었다. 그러나 사람은 그때의 사람이 아니었다.

그로부터 670여 년이 지난 지금 우리가 코로나를 대하는 태도는 14세기의 사람들이 페스트를 대하는 태도와 조금도 다를 바가 없다. 사람과 사람을 격리하고 도시를 봉쇄하고 의료진들은 봉쇄된 도시로 달려가 환자들을 치료하고 자원봉사자들이 의사를 돕거나 행정업무를 돕는 것은 14세기와 21세기가 다르지 않았다. 과학기술이나 문명의 발달은 질병 앞에서는 무용지물이었고, 사람들은 가장 원초적인 방법으로 보이지 않는 바이러스에 저항할 수밖에 없었다.

"사태가 심각해지자 랑스도크는 무료정보를 취하는 라디오 방송에서 25일 단 하루 동안 6,231마리의 쥐들이 수거되어 소각되었다고 알렸다. 이 숫자는 도시 전체가 눈으로 보고 있는 광경에 분명한 의미를 부여했고 혼란은 가중되었다. (…) 더욱이 4월 28일 랑스도크가 수거된 쥐의 수를 약 8천 마리라고 알리자 시중의 불안은 절정에 달했다."

같은 방법으로 21세기 도시의 시장은 바이러스에 감염된 환자의 수와 사망자를 지속적으로 알렸고, 눈에 보이지 않는 바이러스에 대한 공포로 떨던 사람들은 그들을 통해 전염병의 위력을 확인할 수 있었다. 날마다 증가하는 환자의 수는 시민들을 극도의 공포로 몰아넣었고 대부분의 상점이 문을 닫고 모든 학교와 공공기관이 폐쇄되었다. 시민들의 불안은 절정에 달했고, 공동의 적을 찾아 그들을 마녀사냥하면서 분노를 달랬다. 그때와 달라진 것이 있다면 인터넷이 널리 퍼져서 온갖 확인되지 않은 소문들이 사실인 양 떠돌아다녔고, 사실과 거짓을 구분하기 어려운 시민들은 마녀사냥하기에 좋은 대상이 정해지면 불안과 공포의 화살을 그들에게로 쏘아 보냈다.

"그들의 첫 번째 반응은 행정기관을 비난하는 것이었다. 〈적용된 조치들에 대해서 완화책을 강구할 수는 없는가〉와 같이 언론이 증폭시킨 비난 여론" 이 코로나가 번진 도시를 떠돌았다. 그때처럼 지금도 시민들은 제일 먼저 질병을 유행시킨 종교단체를 비난했고, 뒤이어 그들을 초법적이고 물리적으로 제압하지 못하는 시장에게 비난을 퍼부었다. 누군가를 비난해야만 난데없이 유행하는 전염병에 대한 공포와 분노를 달랠 수 있을 것 같았다. 사람끼리의 연대와 결속은 바이러스 앞에서 무용지물이었고 사람들은 원래의 고독 속으로 돌아갈 뿐이었다.

도시에 재앙이 닥친 것이다. 하느님의 말을 전하기 좋아하는 사람들은 이 기회를 틈타 하느님을 믿지 않는 사람들에게 불벼락이 내린 것이라고 했고, 도시는 소돔과 고모라처럼 저주를 받은 것이라는 막말을 서슴지 않았다. 『페스트』에서 파늘루 신부가 「출애굽기」의 한 장면을 인용하면서 "이 재앙이 인간의 역사에 나났을 때 그것은 하느님의 적들을 벌하기 위해서였습니다. 파라오는 신의 섭리에 맞섰고, 페스트가 그를 무릎 꿇게 했습니다. 태초부터 신의 재앙은 오만한 자들과 눈먼 자들을 그의 발밑에 꿇어 앉혔습니다. 이 점을 잘 생각해 보시기 바라며, 무릎을 꿇으십시오."라고 한 것처럼, 도시에 질병을 퍼트린 한 종교의 교주는 자신의 교단이 급성장하는 것을 막기 위한 마귀의 짓이라고 신도들을 선동했다. 그리고 기도로써 병을 이길 수 있다는 중세에나 먹혀 들어갈 말을 했지만 많은 사람은 더 열심히 기도하는 것으로 역사의 진보를 외면했다.

"우주라는 거대한 곳간 안에는 무자비한 재앙이 마치 볏짚에서 낟알들을 털어내듯 인간이라는 곡물을 타작할 것입니다."라는 파늘루 신부의 말처럼, 사람들은 역사에서 인간이 멸절된 시기들을 꼽아보며 이 시간이 또 한 번 인간을 타작하는 시기가 아닌가 하고 불안해했다.

말도 안 되는 소리였지만 혹시나 그럴지도 모른다는 생각에 시민들은 더 불안에 떨어야 했다. 종교가 인간의 불안과 불행을 먹고 사는 것은 중세나 지금이나 다를 바가 없었다. 우리는 자유로웠지만 "재앙이 벌어진 이상 그 누구도 결코 자유롭지 못할 것"이었다.

페스트의 발병을 시민들에게 알릴 것인지 숨길 것인지는 중요한 문제였다. 알린다면 도시가 봉쇄되고 시민들이 불안에 떨며 혼란이 가중될 것이지만 알리지 않는다면 병이 퍼져나가는 것을 막을 도리가 없었다. 도지사는 결국 페스트가 발병했음을 시민들에게 알리고 "환자가 생긴 집들은 폐쇄 후 소독 처리해야 했고, 가족들은 안전한 격리 시설에 머물러야 했으며, 매장은 이후 결정될 상황에 따라서 시 당국이 맡아서 해결하기로 했다."

코로나가 발생했을 때도 마찬가지였다. 일반적인 죽음에서는 적어도 3일 동안의 애도 기간을 가졌지만 코로나로 죽은 사람에게 그 애도 기간은 허용되지 않았다. 그들은 즉각 바이러스가 새어나가지 않는 비닐로 포장되어 화장되어야 했고, 유족이라 해도 죽은 이를 보는 것은 허락되지 않았다. 존엄한 죽음이란 말은 더 이상 사용할 수 없는 상황이 된 것이다.

페스트가 발병했던 처음에는 애도 기간을 갖고 매장을 했지만 환자가 늘어나면서 애도 기간은 생략되었다. 뒤이어 무덤 자리가 모자라서 사망자들은 각각의 묘지를 차지하지 못하고 여자와 남자로 구분된 구덩이에 한꺼번에 묻혀야 했다. 그러나 그것은 그래도 인간에 대한 존엄이 남아 있을 여지가 있을 때였다. 좀 더 있다가는 그냥 무덤을 파서 여자든 남자든 한 구덩이에 묻어 버렸다. 더 이상 화장을 할 수 있는 여력도 없었기 때문에 시체를 넣고 흙을 덮고 그 위에 또 시체를 넣었다.

애도라는 것은 인간만이 가진 고유한 문화이지만 페스트가 유행할 때 인간은 더 이상 인간일 수가 없었다. 페스트에 걸린 사람과 걸리지 않은 사람으로 구분되었고, 사회에 만연하던 "타협이라든가 특혜라든가 또는 예외라는 말들이 더이상 아무 의미도 없다는 사실을 스스로 납득"해야만 했다.

다행히 코로나가 유행했던 도시는 봉쇄되지는 않았지만 우리는 예상하지 않았던 이별에 직면해야만 했다. 가족 누구라도 이 도시로 들어오기를 원하지 않았고, 이 도시의 누구도 다른 도시로 나가기를 원하지 않았다. 현대의학이 곧 치료 약과 백신을 개발할 것이라는 요원한 믿음이 희망의 끈을 잡게 해주었으나, "미래란 전혀 보이지 않는 이 완전하고도 갑작스러운 이별로 인해서 우리는 우리의 하루하루를 차지하는 존재, 여전히 그토록 가깝지만 어느새 이미 저 멀리로 사라진 그 존재의 추억을 뿌리치지도 못한 채 그저 망연자실할 뿐이었다."

그러나 그때와 달리 지금은 휴대폰과 인터넷으로 이별한 사람들과 연락을 주고받을 수 있어서 누구도 완전한 이별이라고 생각하지 않았고 망연자실하지도 않았다. 다만 이 이별은 일시적일 뿐이며, 도시에 있는 우리는 어느 날 코로나라는 바이러스가 우리를 집어삼켜서 완전한 이별에 이를 수도 있다는 불안을 감추고 있을 뿐이었다.

대부분의 상점들이 문을 닫았고, 공장들도 소리 없이 직원들을 해고했다. 거리에는 사람들이 다니지 않았고, 마스크를 쓴 사람들이 먹을거리를 사기 위해 상점만 드나들 뿐, 그나마도 대부분은 인터넷 상점에서 구입한 물건을 배달할 택배원들이 부산하게 거리를 돌아다닐 뿐이었다. 코로나는 마치 한 폭의 추상화처럼 단조로웠다. 텔레비전에서는 병에 걸린 사람들의 숫자가 날마다 발표되고 병원에는 엠뷸런스가 끝없이 드나들고 의료진들의 지친 모습이 보였다. 날마다 병의 경과를 발표하는 정부 관리는 피곤에 지친 모습이었다.

이런 지루하고 비슷한 장면들이 연이어 나타나자 나는 텔레비전을 더 이상 보지 않게 되었다. 처음 사람들이 병에 걸렸을 때의 안타깝고 안쓰러운 마음도 사라져 갔다. 나무가 쓰러지듯이 사람들이 쓰러져가도 더 이상 동정심이 생기지 않을 만큼 우리는 모두가 기진

맥진해져 가고 있었다.

"동정심이 무용지물이 되면 사람들은 동정하는 것을 피곤해 한다. 자신의 양심이 서서히 눈을 감는다는 것"을 느끼면서도 속수무책이었다. 다만 도시로 몰려드는 의료진들을 경이의 눈으로 바라볼 뿐이었다. 그 와중에 정치인들은 전염병을 자기들에게 유리한 쪽으로 해석해서 퍼트리느라 정신이 없었다. 모두 쥐가 되어 가고 있었다. 그러면서 페스트에 감염된 쥐들이 거리로 나와 피를 토하고 몸부림을 치면서 죽어가는 것처럼 전염병에 감염되어 고통스러워하는 국민들을 구경하고 있었다.

그러나 우리에게도 희망이 있었던 것은 바로 의료진들과 자원봉사자들이었다. 의사 리유처럼 자신의 몸을 돌보지 않고 환자를 돌보던 의료진들이 도시로 몰려들어 환자를 치료했다. 진실에, 다시 말해 침묵에 익숙해지는 때야말로 불행한 시기라는 파늘루 신부의 말을 거역하기라도 하듯이 의사들은 페스트라는 침묵에 익숙해지려 하지 않고 저항했다. 많은 의사들이 시민들처럼 쓰러져 갔고, 그들이 더 페스트에 노출되어 있었지만 그들은 두려워하지 않았다. 사람들은 기이할 정도로 서로에게 등을 돌렸지만 의료진들은 기이할 정도로 사람들에게 가까이 다가갔다. 의료진들은 리유처럼 "자신이 전지전능한 신을 믿는다면 병을 고치는 일을 그만두고 신에게 그 일을 맡길 것이지만, 신을 믿는다고 확신하는 신부조차 그런 식으로 신을 믿지는 않기 때문에 자신은 신이 만든 세상과 투쟁하며 진리의 길"을 걷고 있었다. 그들은 다만 환자들이 있으니 치료할 뿐이었고 그들에게 가장 긴급한 일은 그들을 치료하는 일뿐이었던 것이다.

페스트가 유행할 때 그랬던 것처럼 이제 역사는 코로나가 유행하던 시기와 그 이후의 시기로 나뉘어질 것이다. 종교인들과 정치인들이 인간의 존엄성을 모독하고 분열과 대립을 조장했지만 시민들은 그에 굴복하지 않았다. 우리는 죽음이 좀 더 더디 오길 기원했으며 피해갈 수 없는 영원한 이별은 전염병 이후에 오기를 바랐다. 『페스트』의 의사 리유처럼 많은 의료진들이 전염병이 퍼진 도시에 자발적으로 찾아왔으며 수많은 구호물품들이 전달되었다. 유럽의 역사도 페스트가 유행하던 시기와 그 이후의 시기로 나뉘어졌지만 그들은 인간의 존엄성과 연대와 결속, 공동체 의식을 저버리지 않았다.

　내 속에 있는 페스트는 어떤 모습인지 나는 코로나를 겪으면서 알게 되었다. 그것은 "타인의 생명, 어떤 경우에도 절대로 부정될 수 없는 바로 이 제일 처음의 것"[3]을 지키고자 고군분투한 사람들을 통해 인간이라면 반드시 지켜야 할 절대적인 명제가 있다는 것이었다. 놀라운 것은 페스트가 유행하던 14세기와 코로나 19가 유행하는 21세기는 놀랍도록 닮아있다는 것이다. 역사는 진보한다는 말은 적어도 바이러스와 인간성에서만은 거짓인 듯하다.

---

3) 알베르 카뮈, 『반항하는 인간』, 책세상, 2003.

시선

모든 것은 이름을 가지는 순간에 관념의 틀 속에 갇힌다.
꽃을 꽃이라 부르는 순간 꽃이 되었다고 한 것처럼
대상들은 모두 이름을 가지면 그 이름 속에 갇힌다.
열반은 이름이 없다. 이름이 없으니 형상이 없다.
다만 살아 있음이 열반이다.

형상이 없으나 이름으로 존재하는, 붓다buddha

- 김아타의 〈Nirvana〉 시리즈

절에 갈 때마다 늘 의문이 드는 것은 왜 사람들은 돌이나 나무로 만든 부처 앞에서 절을 할까 하는 것이었다. 법당 안의 부처를 만드는 재료는 다양해서 돌이거나 시멘트이거나 심지어는 플라스틱이기도 하지만 그것이 부처는 아니었다. 처음에는 나도 사람들을 따라서 절에 가면 부처의 형상에 절을 했지만 이제는 하지 않는다. 나는 부처에게 절을 하고 싶은 것이지 부처의 형상에 절을 하고 싶은 것은 아니었다. 무엇보다 범신론자인 나는 절이나 교회가 필요 없다고 여기는 자여서 굳이 교회에 갈 일도, 절에 갈 일도 없다고 생각한다. 기도가 필요하면 그냥 마음으로 하면 되는 것이지 굳이 성전이라 불리는 그 공간들이 필요하다고 여기지 않기 때문이다. 그러다 보니 부처 앞에서 절을 하는 것도 어느 날 문득 무용하다는 생각이 든 것이다.

그것은 성당에서 보는 성모 마리아, 십자가에 매달린 예수도 마찬가지였다. 물론 그 형상에 절을 하고 경배를 드릴 때 사람들은 그 형상 자체에 절을 하는 것은 아니다. 사람들은 그 형상을 통해 본질을 보고자 할 것이며, 절은 본질에 하는 것이다. 그러나 형상이 점점 커지고 화려해질수록 사람들은 더 모여든다. 자신이 숭배하는 대상이 더 크고 화려한 것에 경외심을 가지는 것일까. 그렇다면 부처는 무엇이고 예수는 무엇이고 마리아는 무엇일까. 더는 그런 형상들에 절을 하지 않으면서 새롭게 들기 시작한 의문이다. 그 물음은 오래 되었지만 여전히 나는 답을 구하지 못하고 있다.

그러나 한 가지 답은 명확했다. 인간은 형상 너머를 볼 수 없다는 것이다. 인간은 너머의 세계를 볼 수 없는 세계-내-존재이다. 그러나 인간은 세계-내-존재이기 때문에 형상 너머에 관심을 가지며 그 존재는 형상을 통해서 볼 수 있다. 그러므로 사람들이 부처에게 절을 할 때 그들은 부처라는 형상에게 절을 한다고도 할 수 있고, 형상 너머의 부처에게 절을 한다고도 할

수 있다. 나는 단지 그 형상에게 절을 하는 것으로 형
상 너머의 존재에게 경외의 마음을 가져야 한다는 그
형식이 싫을 뿐이다.

　인간은 형상을 통해서만 존재를 볼 수 있다는 한계성
때문에 예술이 탄생했다. 존재를 보고 싶은 열망은 인
간을 예술의 형상 가까이, 더 가까이 끌어당긴다. 그러
다가 문득 그 존재를 대면할 수 있다. 그것이라고 말하
지 못하지만 그것 자체인 그러한 것, 김아타의 사진이
그랬다. 김아타는 끊임없이 사진을 통해 시간과 공간
너머의 세계를 보여 주고자 한다. 시간과 공간 속에 머
물러 있으면서 한순간을 포착해 내놓는 작품은 시간과
공간 너머의 세계를 보여주고 있었다. 절에서 부처의
형상을 만날 때마다 나는 김아타의 〈Nirvana〉 시리즈
를 떠올린다. 너머의 세계를 보고 싶을 때는 절간의 부
처를 만나는 것보다 〈Nirvana〉를 떠올리면 나는 즉각
적으로 어느 딴 세상에 가 있음을 깨닫게 된다.

　법당 안은 언제나 얼마간의 가장된 엄숙함과 경건
함, 그리고 침묵에 휩싸여 있게 마련이다. 언젠가 한
번은 아무도 없이 비어 있는 법당에 한참을 앉아 있은
적이 있다. 산이 높고 깊은 암자였으므로 사람들이 찾

아들 리도 없었는데 나는 부처보다는 벽 한 곳에 걸려 있는 사진 한 장에 눈이 가 있었다. 성철 스님의 사진이었다. 그 암자에 올라가기 전에 이미 산 아래에서 느닷없이 나타나던 스님의 둥근 부도탑 가에서 한참을 앉아 있다가 온지라 얼마간 지쳐 있기도 했다. 그리고 부처야 어느 법당에 가든지 너무나 흔하고 비슷비슷해서 별 감흥도 없었다.

긴 주장자를 짚고 찍은 스님의 사진을 보고 있다가 깜빡 잠이 들었다. 새소리마저 들리지 않는 적요로운 법당이었다. 얼마나 잠들었을까, 깜빡 잠에서 깨어나니 주변은 내가 잠들기 전과 조금도 다름 없는 침묵 속에 놓여 있었고, 눈을 뜨는 순간 마주하고 있는 스님의 초상화와 대면했다. 마치 이제는 그만 가거라 하는 듯한 표정, 그래서 주섬주섬 자리를 털고 일어나 암자를 나왔는데 김아타의 〈Nirvana〉 시리즈를 보는 순간 성철 스님의 사진이 문득 떠올랐다. 부처는 저 너머에 있는 존재가 아니라 성철 스님처럼 여기에 있는 존재이듯이 이 〈Nirvana〉도 부처를 여기 이 세상으로 끌어내려서 이것이 부처라고 보여 준다.

추운 2월의 어느 날, 김아타는 삭발한 나체의 여성

모델들을 유리 박스 안에 넣어서 법당 안의 부처 앞에 앉힌다. 법당 안의 부처는 금빛으로 빛나고 있었지만 삭발한 나체의 여인들은 빛나지 않았다. 생불이 빛나지 않는 이유이다. 그렇게 그는 부처를 높은 곳에서 끌어내린다. 그 사진을 보는 순간 나는 여인들의 뒤에 앉은 금박의 부처가 한없이 초라하게 인간의 배경으로 전락하는 것을 느꼈다. 경외심을 가지고 수없이 절을 바치던 부처는 사라지고 우리가 배척하고 소외시키던 나체의 여인이 한없이 자유롭고 해방된 몸으로 법당에 앉아 있었다. 자궁 안에서 웅크리고 있던 모양으로 웅크린 나체의 여인이 오백 나한상 앞에 떠 있었다. 생명 없는 만들어진 부처 앞에 아직 태어나지 않은 생명이 있으니 우리는 무엇을 경배해야 할 것인가. 갓 태어난 아이가 벗은 몸을 부끄러워하지 않듯이 여인도 오백 나한상 앞에서 부끄러움을 벗어버리고 잉태된 생명으로 존재하고 있었다.

인간은 언제부터 형상을 만들기 시작했을까. 수많은 부처가 도처에 놓여 있어도 어느 부처가 진짜 부처인지 우리는 알지 못한다. 부처가 있기는 했던가.

김아타는 1,000개의 파라핀으로 만든 불상이 아무렇

게나 버려지듯이 놓여진 바닷가에 한 아이를 앉혔다. 그 아이는 열 살의 사내아이로 1,000개의 부처가 있는 곳에서 살아 있는 부처로 태어났다. 〈리틀 붓다〉였다. 만들어진 부처는 바닷가 여기저기에 놓여서 돌멩이들과 다를 바 없는 사물이 되었지만 리틀 붓다는 살아 있는 부처였고, 살아 있는 생명체였다. 궁극의 열반은 살아 있음이다. 만들어진 부처는 열반에 닿지 못한다. 살아 있는 내가 열반에 닿을 수 있다. 법당에 놓인 금박의 부처와 바닷가에 조약돌처럼 놓인 파라핀으로 만든 부처는 무엇이 다른가. 그 둘은 똑같이 부처의 형상을 하고 있는데 왜 어떤 것은 화려한 법당에 놓여 절을 받아야 하고, 어떤 것은 바닷가에 쓰레기처럼 버려져야 하는가.

경주 남산에 가면 바위에 새겨진 수많은 부처를 만날 수 있다. 남산 아니라도 우리나라의 산 어디에서든 그럴듯한 바위만 있으면 우리는 쉽게 부처를 만난다. 그 부처를 드러내기 위해 날카로운 끌로 파고 다듬었을 어느 석공의 마음이 곧 부처이다. 그러나 그것은 형상이 없다. 그리하여 석공은 자신의 마음을 돌에 새겼고 그것이 부처가 되었을 것이다. 어느 고대의 사람이 물고기와 짐승을 돌에 새기며 그것들이 풍족하길 원하는 마음을 담았듯이 그 무명의 석공도 그러했을 것이라고 생각한다.

그러나 현대에 들면서 부처는 금박이 칠해지고 크고 화려해지면서 본래 석공의 순수하고 아름다운 마음을 잃어버렸다. 부처를 새긴 석공은 자신의 이름을 돌에 남겨 놓지 않았지만 지금 그 부처를 만들기 위해 시주한 사람들은 이름을 새겨 후대에 남긴다. 나는 그 이름들을 볼 때마다 우리나라의 비슷비슷한 이름들이 거기 새겨진다고 해서 누가 알까, 부처가 있어서 대자대비하다면 이름을 새기지 않아도 그 자비가 베풀어질 것인데 굳이 이름을 새겨야 하는 마음에 아쉬움이 커진다. 그러니 금박으로 칠한 그 형상의 소용이 어디에 닿을 것인가.

팔공산에 가면 33m 높이의 거대한 통일약사대불이 있다. 석가모니의 키는 1장 6척, 즉 4.8m에 이르렀다고 하는데 대불을 세우는 것은 큰 것에서 장엄함을 느끼는 인간의 감각 때문에 비롯되었을 것이다. 우리나라에도 이런 인간의 감정 덕분인지 여기저기에 대불이 있는데 팔공산의 통일약사대불은 그 크기에서 다른 대불들을 압도한다. 왜 그렇게 큰 불상을 세웠는지는 모르겠지만 통일을 기원하며 1992년에 세웠던 이 대불의 영험함이 아직 부처의 세계에 닿지 못했는지 통일도 요원하고, 약사여래불의 기도 역시 하늘에 닿지 않았는지 인간의 병은 점점 늘어나기만 한다.

이렇게 여기저기 화려한 불상들을 세우고 있을 때 김아타는 그런 현상들을 비웃기나 하듯이 〈Nirvana〉 시리즈를 발표했다. 그가 김금화 무당의 사진을 찍었을 때 그는 사진을 찍은 것이 아니라 정신을 찍었다고 했다. 처음 김금화 무당을 만났을 때 그는 그녀의 정신을 보고 싶다고 했다. "눈으로 보고, 손으로 만져야 직성이 풀립니다. 정신은 손으로 만질 수 있어야 합니다." 그리고 그는 김금화의 정신을 찍었다.

사진은 단촐하고 단아하다. 검은 바탕에 한복을 입은 김금화의 사진은 저고리의 흰색과 함께 눈만 형형하게 빛난다. "살아 있는 대상의 정신을 고스란히 가져와야 한다. 그러기 위해서는 나와 대상이 하나가 되어야 한다. 그것을 완성하게 하는 과정이 대화이고, 하나가 되는 순간이 화해이다."라고 김아타는 그의 책 『장미의 열반』에서 말한다.

김아타는 〈Nirvana〉 시리즈를 찍기 위해 절에 장치를 설치하면서 스님에게 물었다. "스님, 순수는 어떤 색입니까?" 순수란 어떤 색일까. 금박으로 칠해진 법당 안의 부처가 순수일까, 아니면 그 부처를 모신 집의 화려한 단청이 순수일까. 금박의 부처가 열반에 들 수 있을까, 화려한 단청이 열반에 들 수 있을까. 그 질문에 스님은 이렇게 대답한다.

"진광불휘!" 참다운 것은 빛나지 않는다는 뜻이다. 진광불휘는 순수의 색이다. 김아타는 법당 안에서 벌거벗은 모델들을 통해 순수의 색을 보았을 것이다.

그렇게 금박의 부처 앞에 앉은 나체의 여인들은 빛나지 않았다. 삭발을 하면서 여자 모델의 목에 걸려 있던 십자가 목걸이를 보면서 스님은 "오늘 큰 경험 한다. 이나저나 다 같다."라고 하셨다. 그렇게 모든 것을 벗어버리면 이나저나 다 같다. 그리고 그것은 빛나지 않는다. 다만 어머니의 몸에서 태어나던 그 시간으로 되돌아갔을 뿐이다.

해체라는 것은 김아타가 관념으로부터 벗어나기 위해 시도했던 작업이었다. 니르바나도 해체이다. 우리가 관념적으로 가지고 있던 붓다의 모습, 붓다는 과연 형상이 있었던가, 형상이 있었다면 어떤 형상을 가지고 있었을까. 그 답을 그는 〈Nirvana〉 시리즈로 보여 준다.

니르바나, 열반은 죽어서 도달할 수 있지만 죽어서 도달할 곳은 없다. 김아타가 구현하고자 했던 니르바나는 그러므로 인간의 몸 자체, 살아 있는 몸이다. 그것이 열반이다.

김아타는 뉴욕의 루빈 뮤지엄에서 '아이스 붓다Ice Buddha'를 설치했다. 재앙을 입은 사람들을 예술로 치유하기 위해서이다. 그는 185cm의 얼음으로 붓다를 만들어 로비에 설치하고는 그것이 녹아가는 과정을 보여 주었다. 관객들은 얼음으로 만든 붓다를 만질 수도 있고, 녹은 물을 가져가 화초에 물을 주거나 거름으로 써도 되었다. 그렇게 녹아가는 붓다를 통해 자연의 순환을 보여 주면서 재앙으로 상처받은 사람들에게 위로를 주고 싶었다. 그렇게 상처가 치유되면 그것이 열반이다.

모든 것은 이름을 가지는 순간에 관념의 틀 속에 갇힌다. 김춘수가 꽃을 꽃이라 부르는 순간 꽃이 되었다고 한 것처럼 대상들은 모두 이름을 가지면 그 이름 속

에 갇힌다. 열반은 이름이 없다. 이름이 없으니 형상이
없다. 다만 살아 있음이 열반이다.

기억과 반역의 꿈, 파이프

- 마그리트의 파이프

'없어서는' 안 될 중요한 것은 실로 보이는 것과
보이지 않는 것에 의해서 환기되는 신비, 신비를
환기하는 질서 안에서 '사물들'을 결합시키는
사유에 의해 정당하게 환기될 수 있는 신비입니다.
- 르네 마그리트

한때 해체라는 말이 유행했었다. 어쩌면 이 말은 '지금'이라는 시간 속에서 항상 현재진행형일지도 모른다. 해체는 지나간 시간과 기억을 허물어뜨리고 그 위에 새로운 시간과 기억을 중첩해 간다. 그러므로 해체는 또 다른 시간과 기억의 쌓기 놀이인지도 모른다. 해체라는 말을 놀이로 즐기면서 미끄러짐이라는 말도 좋아했었다. 해체된 것들을 끝까지 밀고 나가 처음의 것과는 완전히 다른 것으로 만들기 위해서는 이 미끄러짐이라는 과정을 거쳐야 했다. 미끄러지고 또 미끄러지다 보면 처음의 것과는 완전히 다르면서도 같은 또하나의 사물이 탄생해 있다. 내게는 마그리트의 '파이프'가 그런 사물 중의 하나였다.

처마 낮은 기와집의 넓은 마루에서 할아버지가 긴 곰방대를 물고 놋으로 된 화로를 탕탕 두들기곤 했었다. 탕탕 울려 퍼지는 그 소리는 어린 내게 공포와 긴장으로 다가오곤 했었는데 할아버지가 곰방대를 들고 계시는 시간이 길어지면 길어질수록 그 긴장은 최고조에 다다르곤 했다. 할아버지는 탄 담뱃재를 털어내기 위해서 놋화로를 탕탕 두드렸는데 그 소리에 나는 가끔 심장이 조여들었다. 어머니나 아버지가 무언가 못마땅한 행위를 하거나 집안 돌아가는 꼴이 마음에 들지 않으면 할아버지의 놋화로를 두드리는 간격은 더 잦았다. 그 소리가 집안을 울리면 아이들뿐 아니라 어른들도 긴장의 끈을 놓지 못했다.
햇살 좋은 가을날이면 처마를 비켜 햇살이 낮게 깔리

는 마루에 앉아 느긋하게 담배를 피우는 일에 골몰하기도 하셨지만 그런 날은 드물었다. 특히나 살을 에는 찬바람이 부는 겨울날, 아궁이에 지핀 잔불을 화로에 담아 놓고 그 불로 곰방대의 불을 붙일 때는 더 이상 안온한 풍경이 만들어질 수 없을 만큼 할아버지의 마음도 평온했지만 그건 겨울이어서 가능한 일들이었다. 그러다가 가끔은 마그리트의 그림에 등장하는 파이프처럼 짧은 파이프가 마루에 등장하기도 했는데 그런 날이야 할아버지가 무얼 하시든 큰 관심이 없었다. 그 짧은 파이프로 놋화로를 두들기는 일은 채신머리없는 행동이기도 해서 거의 일어나지 않았기 때문이다.

그 오래된 풍경 속의 파이프 하나가 등장하면서 미술계가 들썩였다. 실물처럼 보이는 파이프를 그려놓고 마그리트는 "이것은 파이프가 아니다"라고 마치 수도원의 필사체 같은 글씨를 그림 아래에 써놓았다. 파이프를 그려놓고 파이프가 아니라니, 그럼 그것은 무엇이란 말인가.

돌이켜보면 마루에서 놋화로를 두들기던 그 곰방대도 곰방대는 아니었다. 그것은 하나의 기호였고 상징이었다. 넓은 마당에서 콩을 줍거나 마당을 쓸 때도 등

뒤에는 할아버지의 곰방대가 지켜보고 있었다. 어머니의 부엌에도 우물가에도 곰방대가 드나들었고, 아버지의 술청에도 타작마당에도 그것은 무시로 드나들었다. 특히나 아궁이의 잔불을 남겨서 화로에 담는 일은 그 적당함을 맞추기가 어려워서 항상 두려웠고, 불이 적은 날은 놋화로를 두들기는 소리가 더 크게 들렸다. 우리는 그 상징 앞에서 조심스러웠고 몸을 떨었던 것인데 정작 할아버지는 그 곰방대로 담배를 피웠고, 알맞은 때에 재를 털어내기 위해 놋화로를 두들길 수밖에 없었던 것이다.

언어는 사물과 일치하지 않는다. 언어 '곰방대'는 사물인 '곰방대'와 성질이 같지 않다. 사물 '곰방대'를 일컬어 그것을 '곰방대'라고 부르자는 약속이 있어서 언어 '곰방대'가 된 것일 뿐 언어 '곰방대' 어디에서도 사물 '곰방대'의 성질을 찾을 수는 없다. 그런데도 우리는 언어와 사물의 일치라는 헛된 상상 앞에서 때론 허둥거렸고 두려워했고 신격화했다.

성철 스님이 처음 "산은 산이요, 물은 물이다"라고 했을 때 사람들은 하나마나한 그 말을 왜 우리나라 최고의 고승이라는 성철 스님이 굳이 했는지 이해하지 못해서 그 말의 의미를 찾아 설왕설래했다. 성철 스님의 그 말은 "산은 산이요, 물은 물이다. 산은 산이 아니요, 물은 물이 아니다. 산은 산이요, 물은 물이다."가 전체적인 말이다. 처음의 "산은 산이요, 물은 물이다"는 의미론적으로 이해해야 한다. 산은 우리의 관념 속에 들어있는 산이요, 물은 우리의 관념 속의 물이다라는 의미로서, 우리가 산 자체를 보는 것이 아니라 우리의 관념 속에 들어있는 산을 보고 물을 보는 것을 꼬집은 것이다. 산이라고 말할 때 우리의 머릿속에는 순간 떠오르는 수많은 산과 거기에 얽힌 이야기들이 한꺼번에 다가온다. 물 역시 마찬가지다. 산은 눈에 보이는 산 그 자체로 이해되어야 하는데 우리는 그 산이 아닌 다른 산을 보는 것이다. 저 달을 보라고 손가락으로 달을 가리켰더니 달은 보지 않고 손가락을 보는 것과 마찬가지 형국이다. 그래서 성철 스님은 다시 말한다. "산은 산이 아니요, 물은 물이 아니다"라고.

우리는 살아오면서 사물에 대한 선입견으로 가득 찬 관념을 가지게 된다. 칸트가 말한 '물자체'를 보는 능력이 결여되어 버린 것이다. 오히려 그런 능력은 사물을 사물 자체로 투명하게 볼 줄 아는 어린이에게서 더

발휘된다. 우리 주위의 산과 물은 "산은 산이요, 물은 물이다"라고 말한 성철 스님의 말처럼 사물 자체로 볼 필요가 있다.

물론 마그리트는 그 관념의 해체보다는 이미지의 해체를 말한다. 일종의 이미지의 배반, 반역이다. 파이프를 그려놓고 그림 아래에다 "이것은 파이프가 아니다"라고 말한 것은 옳다. 그것은 실제의 파이프가 아니라 파이프의 이미지일 뿐이다. 그림으로 된 파이프이므로 그것으로는 담배를 피울 수도 없고 파이프 자체를 만질 수도 없다. 그런데 우리는 그림이나 사진으로 된 파이프를 보면서 그것을 실제의 파이프라고 종종 착각한다. 이미지가 우리의 의식을 지배하면서 우리는 이미지로 된 세상에 속고 있는 것이다. 심하게는 파이프 그림을 보면서 담배 냄새가 나는 것 같은 착각에 빠진다. 파이프라는 단어로 인해 이 글을 쓰는 지금의 내게도 담배 냄새가 나는 것 같으니 이미지의 환상이란 얼마나 무서운가.

현대는 이미지를 파는 시대이다. 우리는 이미지를 사고판다. 광고 속의 이미지인 사물들을 소비하면서 실제 사물을 사고파는 것처럼 착각한다. 광고 속에서 순간적으로 스쳐지나가는 이미지들이 실제인 양 클릭하면서 사고파는데 그것은 사실 알고 보면 실제 사물이 아니다. 그러므로 이미지는 자주 우리를 배반한다. 이미지 속의 자동차는 실제로 내게 배달되는 자동차와 다르다. 이미지는 실제의 차보다 더 화려하고 더 세련되고 더 잘 달릴 것 같은 착각을 준다. 광고에서 달리는 차를 보면서 실제로 그 차가 그만큼 매끈하고 부드럽게 달려줄 것으로 기대한다. 텔레비전에 등장하는 자동차는 실제의 자동차가 아니라 자동차의 이미지임에도 우리는 그것을 실제의 자동차로 착각하고 그것을 소비하는 것이다.

"산은 산이요, 물은 물이다"라고 했을 때 산은 산 그 자체요, 물은 물 그 자체로 보라고 말했다. 그러나 사람들은 산 그 자체나 물 그 자체를 보려고 하지 않고 그 말의 의미를 찾으려고 동분서주했다.

마그리트는 "이것은 파이프가 아니다"라고 말했는데 사람들은 그것이 파이프가 아니면 도대체 무엇이란 말인지 알기 위해 허둥거렸다. 그런 사람들에게 마그리트는 조롱한다. "이것은 파이프가 아니다"라고. 그것은 파이프가 아니다. 파이프를 그린 그림, 파이프의 이미지일 뿐이다.

마그리트는 우리가 익히 알고 있는 파이프 그림 이외
에도 파이프와 관련된 그림을 많이 그렸다. 담배를 피
우는 본연의 역할에 충실해 보이는 코와 연결된 파이
프, 담배를 피우는 것이 아니라 사람의 얼굴 위에서 눈
을 직접적으로 겨냥하는 파이프, 문패를 달듯이 사각
의 판 위에 글씨를 새겨 사물 파이프와 마찬가지로 사
물 캘리그램이 되게 한 그림, 사각 액자 속의 파이프가
이젤 위에 얹혀 있고 그 위 허공에 떠 있는 파이프 등
파이프를 다양하게 변주하고 있다.

이 그림들 중에서 우리에게 가장 많이 알려져 있는
그림은 사각의 종이 위에 그려진 파이프와, "이것은 파
이프가 아니다"라고 씌어 있는 불어체 캘리그램으로
조합된 그림이다. 그런데 재미있는 그림은 우리가 익
히 알고 있는 파이프 그림보다 먼저 그려졌다고 알려
진 이 그림이 이젤 위에 놓여 있고 허공에 또 하나 더
그려져 있는 파이프 그림이다. 사각의 액자 속에 있는
그림에는 "이것은 파이프가 아니다"라고 쓰여 있어서
허공에 떠 있는 또 하나의 파이프의 정체를 애매모호
하게 한다. 액자 속의 그림이 캘리그램으로 인해 이미

지를 배반하는 것이라면 허공에 떠 있는 파이프는 무엇이란 말인가. 마그리트는 이 그림을 통해서 무엇을 말하고 싶었던 것일까.

할아버지가 돌아가신 후 곰방대는 주인을 잃은 채 집 안 여기저기를 혼자 배회하다가 어느 날 그마저도 사라졌다. 곰방대가 눈에 보일 때는 자주 할아버지를 생각했지만 곰방대마저도 사라진 후에 할아버지를 기억하는 일은 자연히 뜸해질 수밖에 없었다. 그러나 가끔 할아버지를 생각하면 마루에서 화로를 탕탕 두들기던 모습과 긴 곰방대가 생각난다. 곰방대는 곰방대 자체로 존재한다기보다 할아버지라는 존재와 함께 철저히 얽혀 있어서 할아버지 없는 곰방대를 상상하기는 어려웠다. 곰방대는 어느새 할아버지라는 하나의 관념을 거느린 채 존재하고 있었고, 우리는 곰방대를 통해 할아버지를 기억할 수밖에 없었다. 인간의 기억이란 그런 것이다. 어떤 사물을 볼 때 사물 그 자체를 보기는 어렵다. 사물과 관련된 온갖 선입견들이 개입해서 사물 자체의 성격을 흐리게 만든다.

마그리트의 파이프 그림도 사물 자체를 보라고 말한

다. 액자 속에 그려진 파이프는 이미지와는 이질적인 글씨라는 캘리그램을 넣으면서까지 이미지를 강조한다. 회화는 글씨와 조형적인 부분을 철저하게 분리한다. 글씨는 설명하는 요소를 가지고 있으므로 조형적인 부분에 글씨가 들어간다면 그림 설명으로 이미지가 포개지기 때문에 화가들이 이를 용인하지 않을 것이다. 그런데 마그리트는 이 그림에 "이것은 파이프가 아니다"라는 글씨를 넣음으로써 오히려 이미지를 강조하고 있다.

제목이라면 그림 자체에 넣지는 않았을 것인데 마그리트는 캘리그램 자체를 회화에 스며들게 한 것이다. 그렇게 파이프는 파이프가 아니라고 한다면 허공에 떠 있는 파이프는 무엇이란 말인가. 액자 속의 파이프는 파이프가 아니라고 했으니 파이프 자체는 아니다. 할아버지를 거느린 곰방대처럼 다른 관념을 거느린 파이프는 파이프 자체가 아니라 관념적인 파이프이다. 그리고 허공에 떠 있는 파이프는 파이프 자체를 보라는 무언의 암시일 수 있다.

현상학적인 입장에서 '에포케(판단중지)'라는 것이 있다. 우리가 어떤 대상을 보고 판단할 때 그 대상과 함께 딸려오는 모든 관념들과 함께 판단한다. 어떤 사람이 '나'를 판단할 때 그 사람은 '나'와 관련된 수많은 선입견이 포함된 관념들을 떠올리면서 판단할 것이다. 그래서 현상학적인 입장에서는 그 모든 관념들을 떨쳐버리고 '순수한 나 자체'를 보라고 한다. 우리는 어떤 대상을 판단할 때 많은 관념들과 함께 판단함으로써 판단의 오류를 저지른다. '순수한 나 자체'를 보지 못하기 때문이다.

이미 파이프가 아니라는 캘리그램에서 우리는 현상학적인 판단의 절차를 거쳤다. 이제 관념이 섞이지 않은 파이프, 순수한 파이프 그 자체를 볼 일만 남았다. '파이프는 파이프이다', 마치 '산은 산이요 물은 물'인 것처럼.

이미지의 배신은 사물 그 자체로 옮아갔다. 마그리트는 이미지의 배신을 통해 사물 그 자체를 말한다. 코와 연결된 파이프, 눈으로 보는 파이프는 파이프 본연의 임무에 충실할 뿐이다.

우리의 관념은 정말 무섭다. 그 관념의 옳고 그름을 판단하기 어렵다는 전제하에서 그것은 더 무섭다. 우리는 사람을 평가할 때 사람 그 자체를 보는 것이 아니라 우리가 전해 들었던 수많은 풍문에 의해서 그 사람을 판단하고 있지는 않은지 생각해 봐야 한다. 그림 파이프를 놓고 실물 파이프라고 착각하는 것처럼.

불안이라는 실존의 형태, 유리
- 곽인식의 유리 물성을 이용한 회화

우주 속에는 수를 헤아릴 수 없을 정도로 많은 사물이 존재한다.
이토록 많은 사물들에게 무언가 말하게 해 주고,
또 그들의 말을 들을 수 있다면 현재 우리가 상상할 수도 없는
많은 일들이 가능해질 수도 있다.
- 1969년 '미술수첩' 곽인식의 작가노트 중에서

어떠한 놀라움도 없었고 그것의 위치 또한 쉽게 정할
수 있는 것이라서 나는 그것이 거기에 있다는 생각도
하지 못했다. 늘 거기에 있어야 하는 것, 그러므로 그
것은 늘 입는 옷처럼 익숙했고 당연히 그것에 대해서
무신경했다. 가끔 비누 거품이 묻어서 얼룩이 지면 닦
아줄 때만 그것은 존재감을 드러냈다. 그리고는 또 잊

혀졌다.

그러던 어느 날, 그것이 내 몸 위로 와르르르 쏟아졌다. 피가 나고 아팠고, 나는 수북하게 쌓인 그것의 잔재가 두려워졌고 그 더미 안에서 어떻게 탈출할지 걱정이 되었고, 비로소 그것은 그 순간 내가 속한 세계의 전부가 되었다. 그것으로 예술작품을 만든 사람이 있다. 유리로 만든 미술작품, 유리는 문명화된 사회에서는 너무나 흔한 사물이라서 평소에는 특별한 관심을 쏟지 않는다. 유리는 도시의 대형 빌딩 외관을 둘러싸기도 하고, 작은 우리 집의 창문으로 있으면서 수시로 그것을 통해 밖을 내다보기도 하고, 한껏 치장을 하고 마지막 마무리로 들여다보는 거울로도 존재한다.

나에게 바람과 신선한 공기를 넣어주는 자동차의 유리문은 일종의 자유의 상징이기도 하다. 자동차를 몰고 시원하게 뚫린 고속도로를 달릴 때 특별히 춥거나 더운 날씨가 아니라면 창문을 여는데, 그때 들어오는 바람은 내가 엄청나게 자유로운 사람이라는 착각과 희열을 안겨 주기도 한다. 지금도 누군가 우리 집 창문을 통해 내가 매일 아침마다 어떤 생활을 하는지 엿보고 있는 사람이 있을 수도 있다. 그러나 유리는 차가워서 날씨가 선선해지면 그 선득한 느낌 때문에 닿았던 손을 돌연 떼게 할 수도 있다. 앗, 차가워! 하고 손을 떼는 순간 유리는 거기에 있다. 없지 않고 있었던 유리는 그럼에도 불구하고 자주 우리의 눈에서 사라진다. 분명 눈앞에 있음에도 불구하고.

그런 유리가 어느 날 화장실에서 부서져 내렸다. 그것은 문을 여는 내 몸 위로 한꺼번에 쏟아져 내렸다. 날카롭고 크게 부서지는 얇은 유리가 아니라 자잘하게 부서지는 두꺼운 강화유리라서 다행히 크게 다치지는 않았지만 몸 여기저기에 작은 상처를 내었다. 그 이후 유리는 내게 공포의 대상이 되었다. 지금도 여기저기 깊이 긁힌 곳의 상처는 아물지 않아서 샤워를 할 때면 늘 그것이 보이는데, 그럴 때마다 나는 유리가 주는 그 극심한 공포 때문에 몸서리를 친다.

무언가 불쾌하고 두렵고 차갑고 선득한 느낌, 특히 유리 조각은 그렇다. 잘게 부서진 조각이든 크게 부서진 조각이든 유리 조각은 자동차의 유리처럼 자유를 상징하거나 거울처럼 들여다보면서 나르시시즘에 빠지게 하지 않는다. 그런 유리 조각들은 보는 순간 소름이 오소소 돋고 심장이 두근거리며 나도 모르게 몸을 움찔하게 되는 것이다. 특히나 유리가 부서지던 때 내 발은 유리 조각 속에 갇히게 되었고, 그래서 나는 한 발자국도 뗄 수가 없었고, 간신히 거기에서 벗어났을 때까지 유리는 내 발바닥부터 머리카락 속에까지 여기 저기 박혀 있었다. 그 유리를 치울 때는 유리가 타일 바닥과 부딪혀 내는 껄끄러운 소리 때문에 몸을 떨었 다.

그런 유리 조각이 어느 미술관의 전시관 벽에 아름다 운 액자에 넣어져 예술작품으로 전시되고 있다고 생각 해 보라. 그것은 작품임에도 불구하고 우선 보는 순간 거부감이 일고, 내가 살아오면서 겪었던 유리와의 불 화가 떠오르고, 특히 내 경우엔 유리 조각이 몸에 박혔 던 두려움과 발을 뗄 때마다 너무 작아서 눈에 보이지 는 않지만 발바닥에 박혀서 통증을 주던 그 유리가 떠 오른다.

곽인식의 작품을 전시하고 있는 전시관에는 종이나 나무 등의 다른 사물들도 고급스런 액자 속에 넣어져 미술작품으로 전시되고 있었지만 내가 유독 유리작품 에 주목했던 이유는 바로 그것이었다. 불편함, 부서진 유리 조각이 주는 뭔가 모를 불편함과 불안감이 나를 끌어당겼다. 그것뿐이 아니었다. 큰 유리는 질서 없이 무작위로 이리저리 금이 가 있었고 어떤 것은 총에 맞은 듯 구멍이 나 있었고(쇠구슬을 떨어뜨려 구멍을 내었다고 하는데 내게는 그것이 총으로 낸 구멍처럼 느껴졌다. 쇠구슬과 총알이 주는 기분이 작품에서 동시에 느껴졌는지도 모른다.) 구멍 주위로 자잘하게 수많은 금이 가 있었다.

누구라도 학창 시절에 학교 창문으로 날아든 공에 의해 부서지든가, 교실 안에서 장난을 치다가 누군가 어깨로 밀어서 유리창이 부서진 것을 본 경험이 있을 것이다. 그때의 유리창은 강화유리가 아니라서 길고 날카롭게 부서졌고 더러는 그 유리에 심하게 다치기도 했었다. 깨어진 유리란 그런 것이다. 뭔가 사건이 일어난 후의 흔적, 그 흔적이 야기할 처벌이 두려워서 우리는 그 자리를 피했고, 착한 누군가는 파편을 치우느라 손을 다치기도 했었다.

화가 곽인식의 유리는 그렇게 금이 간 유리, 작게 구멍이 뚫린 유리, 또는 자잘하게 부서진 유리 파편들이 별처럼 액자 안에 도돌도돌 박혀 있기도 했는데 나는 금이 간 유리에서는 내 손이 베이는 느낌을 받았고, 구멍이 뚫린 유리에서는 영화에서 많이 보았던 총알이

관통해 간 흔적을 보았고, 별처럼 도돌도돌 박혀 있던 유리에서는 도시에서 상처받고 두려움에 떨면서 분열된 수많은 도시인의 흔적을 보았다.

그렇게 한 번 깨지거나 금이 간 유리는 다시는 원래대로 돌아가지 못한다. 곽인식의 뒤를 이어 이우환이 유리를 통해 드러내고자 한 것도 바로 그것이었다. 이우환은 깨어진 유리 위에 돌멩이를 얹어 놓고 〈관계항 - 지각과 현상〉이라는 제목을 붙이면서 돌멩이로 깨어진 유리의 복원 불가능함을 보여 주었다. 그리고 깨어진 유리로 인간의 관계를 표현했다.

곽인식에게 깨어진 유리는 본인의 삶과도 일맥상통한다. 그는 일본에서 활동한 화가라는 이유로 우리나라에서 자신의 예술적 가치를 제대로 평가받지 못했다. 일본에서는 한국인으로 한국에서는 일본인으로, 경계인의 삶을 살았던 자신을 깨지고 금 간 유리에 비유했는지도 모른다. 그리고 깨지고 금 간 유리처럼 불안하고 두려운 실존의 문제에 대한 고민이 유리라는 물질을 이용한 회화로 드러났을 것이다.

곽인식이 물성의 재료로 유리만 사용했던 것은 아니다. 그는 나무나 종이, 놋쇠, 돌, 바둑알, 심지어는 집에서 사용했던 전구까지 주변의 다양한 사물들을 재료로 사용해 왔다. 한지를 덧대고 또 덧대어 새로운 물성을 창조하면서 그러한 사물들이 주는 느낌과 의미에 천착했었다. 곽인식이 사용한 수많은 사물들 중에서 유독 유리에 주목하는 이유는 유리가 주는 차가운 불안 때문이다. 그는 온전한 유리를 사용한 것이 아니라 깨진 유리, 금 간 유리를 사용해서 쉽게 깨지고 금이 가는 인간관계, 경계인으로 살아야 하는 불안, 금 간 유리 사이사이에 온전하게 남아 있는 '사이'의 사유에 천착했었다.

안온한 집의 창으로 있을 때, 달리는 자동차에서 밖이 잘 보이다가 열면 언제나 신선한 자유의 바람을 넣어주는 창문으로 있을 때, 좁은 화장실에서 변기와 샤워공간을 나누어주는 분리의 기능을 착실하게 잘 하고 있을 때, 한껏 치장하고 애인을 만나러 가기 전에 마지막 점검차원에서 들여다보는 거울의 만족감으로 존재하고 있을 때 유리는 존재감이 거의 없다. 그것은 늘 거기에 있어야 하고, 놀라움이 없어야 하고, 있으면서도 없어야 하는 그런 존재이다. 그런데 그것이 깨어진 채로 식탁을 덮고 있을 때, 샤워하다가 느닷없이 깨어

져 유리 세례를 받게 할 때, 어디선가 날아든 돌로 쨍
그랑 소리를 내며 부서져 내릴 때 그것은 느닷없는 당
황과 불안과 두려움과 다시는 돌이킬 수 없다는 절망
으로 다가온다. 곽인식의 유리에서 느낀 것들이 그런
것이다. 미술관에서 처음 깨진 유리를 보았을 때 몸에
서 돋아나는 잘디잔 소름들, 거기서 도망치고 싶다는
두려움, 내 몸에 파편이 박히는 듯한 불안감이 그대로
전해져 왔다. 아마도 곽인식은 작업을 하면서도 그런
감정을 느꼈을 것이다.

　김환기가 수많은 점으로 헤아릴 수 없이 많은 사람들
을 표현하면서 〈어디서 무엇이 되어 다시 만나랴〉라
는 제목을 붙였듯이 곽인식도 종이를 덧대면서 나타나
는 각기 다른 색깔의 수많은 점을 통해 존재를 드러내
기도 하지만, 잘게 부서진 유리 알갱이들로 점을 만들
어 존재를 드러내기도 한다. 종이의 두터운 질감과 색
을 통해 드러나는 점들은 따뜻하고 평화롭지만 유리
알갱이로 드러나는 점들은 불안하고 몸에 박힌 이물질
처럼 불편하다. 2차 대전 전후의 불안했던 사회 환경과
한국과 일본의 양쪽에서 이방인으로 살아야 했던 자신
의 처지, 돌아가고 싶지만 돌아가지 못하는 고향에 대

한 그리움들이 모두 유리라는 사물로 드러났던 것이
다.

깨어지고 금이 간 채 잘 지내지 못하는 유리라는 사
물처럼 곽인식도 그러했을 것이다. 그런 디아스포라적
인 자신의 처지를 여기저기 툭툭 놓인 돌멩이나, 날카
롭게 모서리가 찢기고 망가진 놋쇠라는 사물이 대신했
을 것이다.

사물들은 본래의 제 자리에 잘 놓여 있으면 그것은
닫혀 있으면서도 열려 있어서 고요하고 평화롭다. 그
러나 사물이 말을 걸어오는 순간 그 고요와 평화는 깨
어진다. 잘 맞지 않아서 자꾸만 발에 신경이 쓰이는 신
발, 도수가 맞지 않아 자꾸만 꼈다 내렸다 해야 하는
안경, 사이즈가 잘 맞지 않아서 자꾸 거슬리는 허리띠
등은 원래 자기들이 해야 할 일을 묵묵히 하고 있는 동
안에는 전혀 말을 걸어오지 않으므로 나에게 의식되지
않고 있는 듯 없는 듯 존재한다.

그런데 그것이 말을 걸어오면 나의 신경은 온통 그쪽
으로 쏠리고 그 말에 화답하기 전까지 나는 다른 일을
마음 놓고 할 수조차 없다. 그러므로 강가에나 있어야
할 돌멩이, 어느 공사 현장이나 허름한 공터에 녹슨 채

로 버려져 있어야 하는 놋쇠, 골목의 살평상 위에서 할아버지들이 한가롭게 시간을 보낼 수 있도록 바둑판 위나 바둑알 통에 얌전히 놓여 있어야 할 바둑알, 귀가하는 가장의 발을 밝혀 주거나 어린아이들이 밤잠에서 깨어나 울 때 환하게 밝혀주면서 그들의 불안을 달래주어야 할 전등이 미술관에서 나에게 말을 걸어오기 시작하면 불편해진다. 나는 일상적인 말이 통하지 않는 그 사물들의 목소리에 귀를 기울여야 하고, 그것을 해독하기 위해서 머리를 써야 하고, 그런 불편함 때문에 돌은 돌이 아닌 것으로, 놋쇠는 놋쇠가 아닌 것으로, 바둑알은 바둑알이 아닌 것으로 다가오기 시작하는 것이다.

작품의 물성이란 그런 것이다. 사물들이 본래의 자리에서 일어나 말을 걸어오는 것, 나는 그 말에 귀를 기울여야 하고 화답해야 할 의무를 가지게 된 것이다. 그런데 그렇게 말을 걸어오는 것이 잘디잘게 부서진 유리 알갱이거나 길쭉길쭉하면서 날카롭게 금이 간 유리 조각이거나, 크고 작은 돌멩이에 맞아서 구멍이 뚫린 것 같은 유리 파편이라면 문제는 더 심각해진다. 유리 알갱이는 어쩌다 이렇게 잘게 부서졌는지, 날카롭게 들쭉날쭉 금이 간 유리 조각에 다친 사람은 없는지, 돌멩이가 아니라 혹시 날아온 총알에 맞은 것은 아닌지 그것이 부서지고 금이 간 이유가 궁금해지고, 그 다음에는 그런 유리 파편이 내게 주는 아픔이나 호된 꾸중이라는 선입견이 작동하면서 나는 무작정 불안해지고 거기에서 도망치고 싶어지는 것이다.

그것이 도시에 사는 현대인의 초상이다. 우리는 수많은 사람들에 둘러싸여 지내면서도 깨어진 유리 파편처럼 불안하고 고독하다. 나라는 존재는 전시장의 벽에 붙은 유리 알갱이처럼 보잘것없으면서도 늘 차가운 도시의 느낌에 몸서리를 치고, 그래봤자 고작 그 작은 알갱이 하나보다 못한 존재일 때가 많은 것이다. 아마도 그래서 이방인이면서 고향으로의 끊임없는 회귀본능을 가지고 살았다는 곽인식에게 유리라는 사물은 더 특별했을 것이다.

예술작품은 표현된 것이다. 눈에 보이는 것과 보이지 않는 대상이 예술가의 눈에 포착되면 예술가는 그것을 작품으로 표현한다. 어떤 사람들은 그래서 뭐 어쩌라고? 이렇게 묻는 사람도 있다. 그냥 그렇다는 거다. 뭐 그리 특별한 의도가 있는 것이 아니라 눈에 보이는 대상을 이런저런 방법으로 이런저런 재료를 써서 그런 특별한 언어로 표현해 보고 싶은 것이 예술가들이고, 수많은 엔지니어와 수많은 증권 매니저가 그들의 일에 열중하듯이 예술가들도 다만 그들의 일에 열중할 뿐이다. 전기기사가 기계에 전기를 연결해서 기계가 말할 수 있도록 해주듯이 곽인식은 다만 돌이나 유리나 놋쇠가 스스로 말할 수 있도록 했을 뿐이다. 그리고 그런 사물들이 하는 말에 관심이 있는 사람들은 그들이 하는 말에 귀를 기울이는 것이다.

평범하면서도 다채롭지 않은, 둥근 어깨

- 박수근의 둥근 선으로 된 그림들

둥근, 이라고 하면 우리는 가장 먼저 둥근 달, 둥근 항아리, 둥글다 못해 펑퍼짐한 어머니의 몸을 떠올리게 될 것이다. 그것에 더해 나처럼 어린 시절을 시골에서 보낸 사람은 밭두렁에 둥실하니 내려앉은 둥근 호박, 초가지붕의 둥근 선 등을 생각하며 아련하게 추억에 잠기기도 할 것이다. 둥글어서 편안했던 사물들은 많아서 한국의 원형미를 직선에서 찾지 않고 둥근 곡선에서 찾기도 한다. 기와지붕의 날렵하게 올라간 처마 끝이나, 쌀이나 퍼내며 쌀통 안에서 낮잠을 자고 있는 표주박도 둥글어서 편안하다. 일본의 그릇은 대부분 정확하게 모서리를 깎아낸 사각의 모양을 이루지만 우리나라의 것은 대부분 둥글다. 그러다보니 나이 든 사람의 펑퍼짐한 몸매의 선도 오랜 세월 동안 모서리가 깎이고 살이 붙어서 만들어진 석상처럼 편안해 보인다.

박수근이 1961년에 그린 〈모자〉는 어린아이에게 젖을 먹이는 어머니를 그린 그림인데 아이를 안은 어머니의 둥근 어깨와 팔의 형태감이 이 그림의 성격을 드러낸다. 아이는 어머니가 태산처럼 주변을 막고 있는 둥근 팔 안에서 아직 세상 걱정을 모른 채 젖 먹는 일에 혼신의 힘을 다한다. 아이는 그저 어머니가 주는 젖을 먹으면 되고 어머니는 세상의 모든 풍파로부터 아이를 굳건하게 지키겠다는 결의라도 다지는 양 크고 둥글게 아이를 안고 있다. 우리도 어릴 적엔 저런 어머니의 품속에서 세상모르고 젖을 먹으며 자랐을 것이다. 그리고 어머니는 살아 있는 동안에는 자식이 크건 말건 저렇게 두 팔로 태산처럼 세상의 고난을 막아주고 싶었을 것이다.

젖을 먹는 아이를 안은 어머니는 걱정이 없다. 순하게 내리간 두 눈과 젖 먹는 아이를 내려다보는 얼굴에는 삶의 고달픔을 잊은 행복감이 어린다. 1961년이라면 아직 우리나라가 근대화 되기 이전이라서 사는 일이 고달플 때였다. 매 끼니를 걱정해야 했고, 어머니에게는 어린 새끼를 먹이는 일이 가장 다급한 문제였을 것이다. 그러므로 어머니가 젖먹이 아이를 안고 젖을 먹이는 일은 그런 세상으로부터 벗어날 수 있는 잠깐의 시간이었을 것이고, 아이를 지켜내야 하는 절체절명의 시간이기도 했을 것이다.

박수근 그림의 가치는 다양한 시선에서 많이 찾을 수 있지만 무엇보다 어려운 삶 속에서 그가 포착해내는 평범함을 들고 싶다. 그가 "나는 인간의 선함과 진실함을 그려야 한다는 예술의 대단히 평범한 견해를 가지고 있다. 그래서 내가 그리는 인간상은 단순하며 다채롭지 않다. 나는 그들의 가정에 있는 평범한 할아버지나 할머니 그리고 어린아이들의 이미지를 가장 즐겨 그린다."라고 말하는 것처럼 그의 그림에 등장하는 사람들은 언제나 우리 이웃에서 평범하게 살아가는 그런 사람들이다. 그러면서 그 사람들만이 그려내는 삶의 진실, 가령 할아버지의 자리나 어머니의 자리가 해야 할 일들을 절묘하게 포착해 냄으로써 그의 인간에 대한 따스한 시선을 느낄 수 있다.

그림 〈앉아 있는 여인〉도 재미있다. 머릿수건을 쓴 한 여인이 함지박에 둥그렇게 담긴 곡식을 팔러 나와서 앉아 있는 모습인데 이 여인이 하염없이 바라보고 있는 것은 바로 이 함지박에 담긴 곡식이다. 아마도 쌀인 것으로 보이는데 여인은 이 쌀을 사줄 손님을 기다리며 오가는 사람들을 보는 것이 아니라 오히려 쌀에만 온 마음을 기울이는 듯이 보인다. 이 그림에는 가족들 먹을 쌀도 넉넉하지 않을 상태에서 쌀을 팔아야 하는 고단한 여인의 삶이 느껴진다. 쌀을 하염없이 바라보는 시선에서 아이들에게 마음껏 먹이지도 못하는 쌀을 무엇 때문인지는 모르지만 팔아야 하는 어머니의 아픈 마음이 그대로 전해지는 것이다.

쌀을 팔러 나왔으면 오가는 사람들을 보면서 누가 빨리 자신의 쌀을 사줄 것인지를 살펴야 하는데 여인은 그런 사람들에게는 관심도 없다는 듯이 함지박에 담긴 쌀만 바라본다. 함지박에는 낮은 앞산만큼이나 둥그렇고 가득하게 쌀이 담겨 있다. 아마도 여인은 그 함지박을 들고 집으로 되돌아가 아이들에게 그득그득 쌀밥을 먹이고 싶을 것이다. 그러니 그 쌀만 하염없이 들여다보며 온갖 상념과 시름에 잠겨 있는 것이다.

이 그림에서 여인의 어깨는 좁게 그려졌고 반대로 치마는 그림 전체에서 불균형을 이룰 정도로 크게 그려져 있다. 마치 예전의 할머니들이 치마를 들추고는 고쟁이에 달린 큼직한 주머니에서 쌈짓돈을 꺼내어 손자들에게 용돈을 주던 그 치마처럼 들추어 보면 뭔가가 가득히 들었을 것 같은 치마이다. 함지박의 곡식쯤은 거뜬히 품을 치마폭이고, 누가 곡식을 엄청나게 비싸게 사가서 뜻밖의 돈이 많이 생긴다 해도 감쪽같이 품어서 집으로 가지고 갈 수 있을 만큼 치마폭은 크고도 넓다. 대신에 여인은 어깨를 좁게 쭈그리고 앉아 있는데 아마도 밥을 기다릴 아이들을 생각하면 어깨는 점점 움츠러들 듯도 하다. 우리 어머니 세대의 고단한 삶이 그대로 느껴져서 저 둥글게 가득 담긴 곡식은 편안하지도 부럽지도 않고 그저 애잔하기만 하다.

어른이 되고 나서도 한참이나 지난 후에 나는 어머니의 마음을 조금이나마 헤아려 볼 수 있었는데. 그것은 내 아이가 생기고 난 후였다. 한번은 저녁밥의 양이 아슬아슬하게 모자랐던 모양이었다. 그때는 이미 식량이 부족할 때가 아니어서 먹는 일에 대해서 별로 관심을 기울이지 않았을 때였는데 어머니는 자꾸만 더 먹으라고 밥을 내 쪽으로 밀었다. 나는 밥을 남길 수가 없어서 배는 불렀지만 주는 대로 먹을 수밖에 없었다. 그런데 그 양이 많아서 다 먹고 나서는 배가 너무 부르다고 했더니 어머니는 사실은 배가 좀 고프다고 말했던 것 같다. 아마도 어머니는 내 밥이 모자랄까 봐 적게 먹고 자꾸만 내 쪽으로 밀었던 것인데 나는 어머니가 배가 불러서 자꾸만 나보고 마저 먹으라고 하는 줄로 알았던 것이다. 그날 이후 나는 먹던 밥을 남기는 한이 있어도 그런 식으로 어머니의 밥을 뺏어 먹지는 않는다.

6.25를 지나고 보릿고개를 거쳐 온 우리의 어머니들은 그렇게 자식들을 먹이며 키웠을 것이다. 그리고 자식들은 자식이라는 자리가 마치 어머니에게 전부를 요구해도 되는 것인 양 의기양양하게 자기들의 자리를 지켜 왔을 것이다. 그러나 속을 들여다보면 쌀을 팔러 나가서는 그 쌀만 시름겹게 바라보는 어머니가 있어서 자식들은 무사히 어른이 된다.

박수근의 그림 중에서 둥근 어깨는 또 있다. 〈할아버지와 손자〉라는 그림을 보면 할아버지는 튼튼한 어깨로 손자를 넉넉하게 품고 있다. 여러 사람이 있는 자리에서 바닥에 앉아 있는 손자를 할아버지가 등 뒤에서 튼튼한 어깨로 지켜준다. 어느 누구도 손자를 해코지할 수 없도록, 누구라도 손자를 건드리면 가만두지 않겠다는 결기가 느껴진다. 마치 큰 산이 작은 산을 품은 듯하다. 어깨는 할아버지 몸의 한 부분이 아니라 마치 아이를 위해서 내어준 듯하고 아이를 감싸는 두 다리는 큰 나무처럼 견고하다. 튼튼한 팔로 손자를 감싸고 있는 둥근 형태 속에 들어앉은 손자는 무슨 짓을 해도 모두 용서받을 것이고, 그 품속에 있는 한 누구의 공격으로부터도 안전할 것이다. 전체적인 인체 비례를 무시한 커다랗고 둥근 팔과 단단하게 버틴 채 아이를 감싸고 있는 두 다리가 마치 깊은 산에 든 듯 편안해지는 것은 우리가 보았던 할아버지의 모습과 전혀 다를 바 없기 때문이다.

할아버지와 할머니들은 언제나 손자를 위해서라면 용감해진다. 내가 아이를 키울 때도 어머니들의 가장 강력한 적은 바로 이웃집 할머니들이었다. 아이들 사이에 싸움이라도 벌어지면 어머니들은 이런저런 눈치도 보고 염치도 생각하면서 아이를 품는데 할머니들은 불문곡직하고 손자 편을 든다. 아이가 울기라도 하면 할머니들은 이런저런 사정없이 누가 자신의 손자를 때려서 울게 했는지 찾아내서 혼을 내준다. 그래서 아이 우는 소리에 할머니가 나오면 어머니들은 덮어놓고 사과부터 했다. 그리고 으레 할머니들은 그러려니 했다. 아이들에게 할아버지와 할머니는 그런 존재다. 그러니 손자를 다리 사이에 앉혀 놓고 있는 할아버지에게서는 새끼를 품은 짐승 같은 위협감이 느껴진다. 그러나 그 위협감은 불안하지 않아서 그저 웃음이 나오는 그런 모습이다. 두드러지게 커 보이는 둥근 팔과 다리를 통해 할아버지를 표현함으로써 박수근은 그 품에 앉은 아이를 안온하게 보호하려는 할아버지의 의지를 드러내 보였다.

그런데 그런 모습은 위협적이지도 낯설지도 않고 당연하면서 바라보는 사람까지 기분 좋게 만든다. 누구에게나 항상 맹목적으로 자기의 편을 들어주던 할아버지가 있었고, 울고 들어가면 대신 혼내주면서 치마폭을 들추어 먹을거리를 꺼내주던 할머니가 있었기 때문이다. 그래서 저 그림을 가만히 보고 있으면 지금 혼자의 힘으로 거센 세상의 풍파와 맞서고 있는 자신을 잠시나마 잊고 할아버지, 할머니의 품속에서 세상모르고 살던 그 시절이 떠오르는 것이다.

〈절구질하는 여인〉도 마찬가지이다. 포대기로 아이를 업은 채 절구질을 하고 있는 여인의 모습을 그린 그림이다. 그런데 아이를 업는데 쓰는 포대기가 마치 할머니의 커다란 치마폭처럼 아이를 감싸고 있다. 아이는 그 포대기 속에서 어머니의 절구질 소리를 들으며 곁의 다른 형제를 보는지 아니면 강아지라도 보는지 고개가 옆으로 돌아가 있다. 아이를 업은 어머니는 두 다리를 벌리고 버티어 선 채 힘겹게 절구질을 하는데 둥그런 절구에 담긴 곡식은 그 가족의 한 끼 식량이 될 것이다. 나는 어머니가 힘들게 찧는 절구질보다는 등에 업힌 아이를 감싸고 있는 포대기에 더 눈이 갔다. 어머니란 무릇 아이를 낳고 키우는 사람을 이름이니 단단하게 동여맨 포대기 속에서 어머니의 등을 느끼며 아이는 얼마나 안온할 것인가.

이렇듯 박수근의 그림에서 보이는 둥근 선들은 모두 무언가를 품을 때 형태가 극대화된다. 더불어 품은 둥그런 선들에서 자투리 땅이라도 이용하기 위해 울타리나 밭둑에 심어놓은 호박의 둥실함이 떠올려지고, 앞산 위로 거짓말처럼 쑥 솟아오르던 달이나 할머니의 동그랗게 쪽진 머리, 어머니의 머리 위에 놓이던 동그란 똬리 같은 것들이 연상되면서 쓸쓸한 슬픔에 잠기게도 된다.

어릴 때 나는 자주 경기를 일으키곤 했었다. 내가 경기를 일으킨 것이 기억나는 것을 보면 꽤 자랄 때까지 그랬던 모양인데 어머니가 나를 업고 병원으로 달려가던 그 산길이나, 병원에서 돌아올 때 기대고 잠들었던 어머니의 등이 퍼즐조각처럼 뜬금없이 떠올려질 때가 있다. 어머니 혼자서 나를 감당하기 힘들어 아버지가 덩달아 뛰고 언니까지 덩달아 뛰었다가, 내가 잠잠해지고 나면 모두가 힘이 빠져 아버지가 나를 안고 언니가 업으며 돌아오면 새벽이 부옇게 밝아오곤 했다고 가족들은 회상한다. 그런데 경기를 일으키면 제일 먼저 어머니가 어쩔 줄 몰라 나를 들쳐 업고 면소재지의 한의원으로 달려갔는데, 갈 때는 무거운 줄도 모르고 업고 뛰었다는 어머니의 등은 넓고도 단단했다.

둥근, 이라면 나는 가장 먼저 어머니의 둥근 어깨가 생각나고, 둥글고 넓은 치마가 연이어 떠오르면서 그 품속에서 아무런 걱정 없이 살았던 내 삶의 한때가 떠오른다. 그래서 박수근의 그림을 가만히 보고 있으면 둥근 몸의 형태 속에는 인간의 선함이나 진실함, 평범함이 안개처럼 스며 있어서 우리의 긴장된 몸을 나른하게 풀어주는 것이다.

엘리 엘리 레마 사박타니, 예수

- 김병종의 〈바보 예수〉 연작

"그는 정신을 차려 이곳이 어디이고, 내가 누구이고, 왜 아픔을 느끼는지 기억해 내려고 애썼다. 그는 외침을 마무리 지어 레마 사박타니라고 소리치고 싶었다. 그는 입술을 움직여 보려고 했지만, 움직이지 않았다. 그는 어지러워서 당장에라도 기절할 듯싶었다. 그는 밑으로 내동댕이질당해 죽어 가는 기분이었다. (…) 가슴이 찢어지는 소리를 질렀다. "레마 사박타니!" (…) 그는 머리가 흔들렸다. 언뜻 그는 이곳이 어디이고, 내가 누구이고, 왜 고통을 느끼는지 기억이 되살아났다. 맹렬하고 주체하기 힘든 기쁨이 그를 사로잡았다. (…) 그는 승리감에 차서 소리쳤다. "이루어졌나이다!" 그리고 그 말은 이런 뜻이었다. '모든 일의 시작이니

라.'" 4)

　예수는 골고다 언덕에 올라 십자가에 못 박히고 그가
입은 옷을 나누기 위해 사람들은 제비를 뽑았다. 그리
고 예수의 두 손과 두 발에는 못이 박히고 피가 사방에
빗발쳤다. 김병종의 〈바보 예수〉 연작인 〈빗발치다〉는
피가 얼굴에 튀고 가시관을 쓴 이마로 흘러내리는 그
림이다. 사람들은 고통에 몸부림치는 예수를 놔두고
그 옷을 가져가기 위해 앞다투어 제비뽑기를 하였다.
내리감은 예수의 눈에는 절망이 감추어졌고 얼굴 가운
데 넓게 그려진 코에는 이마의 피가 강처럼 흐를 듯하
다. 예수는 사람들과 하느님으로터 눈을 감았다.

　〈육肉은 메마르고〉와 〈다 이루다〉라는 그림은 십자
가에 매달려 마른 육신이 강이 된 듯하다. 마른 몸은
대지를 흘러가는 강처럼 굽이치고 못이 박혀서 피가
흐르는 커다란 손은 넓게 하늘을 잡으려 한다. 예수는
마르고 피 흘리는 몸으로 대지가 되고 하늘이 되었다.
그는 하늘에 있는 구름을 향하여 몸을 움직였다.

　또한 예수는 우리의 서울을 위하여 운다. 수많은 집

---

4) 니코스 카잔차키스, 『최후의 유혹』, 열린책들, 2012.

들이 있는 서울의 한가운데서 예수는 두 팔을 크게 벌리고 산 위에 서 있다. 그림 〈큰 성城 서울아〉에는 "큰 성 서울아 내가 너를 위해 우노니 새벽 오히려 미명에 너를 위해 우노니"라고 쓰여 있다. 예수는 회갈색의 형체로만 그려져 있는데 마치 온몸이 눈물로 이루어진 듯하다. 온몸에 눈물이 흘러내리는 예수이다. 그렇게 예수는 마르고 피 흘리는 몸으로 다 이루었지만 다시 인간을 위하여 시작한다. 그것은 연민과 사랑이다. 그림 〈못 네 개〉에서는 못이 박힌 손과 발에 꽃이 핀다. 예수는 '다 이루었다.'

그리고 예수는 소리친다. "내가 목마르다." 거짓과 속임수가 거칠 것 없이 쓸려다니는 서울에서 예수는 사랑을 설파하지만 사람들은 들으려 하지 않는다. 예수의 성상을 향해 엎드린 사람들도 알고 보면 자신을 위해 엎드린 사람이었다. 아무도 예수의 고통을 알려고 하지 않았고 외면하였으며 조롱하였다. 예수의 이름을 부르는 사람들이 더 많은 죄를 짓고 사랑을 입에 올리는 사람들이 더 타인을 배척하였다. 얼굴이 검게 탄 예수는 사람들을 부르며 소리친다. "내가 목마르다."

김병종은 그림 〈이름과 넋-내가 목마르다〉에서 검은 먹으로 예수를 그렸다. 서울의 예수는 고상하게 꾸며진 사원 속에서 아름답게 십자가에 매달린 예수가 아니라 사람의 세상에서 고통에 울부짖는 예수였다. 그리고 예수는 그림 〈우는 신〉에서 눈물을 흘리며 운다. 저들을 어찌하나이까, 저들은 저들의 죄를 알지 못하나이다. 검은 얼굴에 땀처럼 흘러내리는 하얀 눈물이 예수의 고통을 그대로 보여준다.

예수는 십자가에 못 박힌 고통을 견디기 힘들어 "주여, 주여, 어찌하여 저를 버리시나이까!"라며 절규했다. 가시관으로 인해 머리에는 붉은 피가 흐르고 얼굴에도 피눈물이 흘러 내렸다. 초점이 사라진 눈과 크게 벌린 입에서는 고통만이 넘쳐 흐른다. 그리하여 예수는 절규한다. 엘리 엘리 레마 사박타니! 주여 어찌하여 저를 버리시나이까.

김병종은 연탄가스 중독으로 왼쪽다리를 양옆으로 절개하는 수술을 몇 번 받았다. 국소마취만으로 받은 수술의 마취가 풀리면서 양손과 양발에 못질을 당하던 예수의 고통을 이해했다. 고통은 아주 실체적이고 즉각적이었다.

김병종은 이 〈바보 예수〉 시리즈를 1980년대 대학가에서 최루탄이 난무하던 시대에 그린 그림이라고 밝히고 있다. 대학가엔 최루탄이 난무했고 사회는 이념으로 갈라져 증오만이 넘쳤는데 그때 유대 광야를 걸어가던 사람처럼 많은 사람이 최루탄 속에서 예수가 되었다. 그러나 이 시대의 바보 예수는 최루탄과는 전혀 무관한 도시 속의 예수로 재탄생했다. 서울에서 시작된 전시회는 독일과 헝가리, 폴란드 등을 돌면서 수용소 안의 예수가 되기도 했고, 가난하고 어려운 사람들의 예수가 되기도 했다. 그런데 자꾸만 내 눈에는 고통으로 울부짖는 예수의 벌린 입에서 서울의 아파트가 보이고 빈민촌이 보인다. 그것은 마치 한강 같기도 하고 하늘과 대지 같기도 하다. 예수는 그런 것들을 속에 넣어둔 채 고통받는 사람들을 위하여 피눈물을 흘리는 것이다.

인간은 모두 모욕을 받고 결핍에 시달리며 슬픔 속에서 산다. 유대인의 왕 예수도 그랬다. "예수에게 자색 옷을 입히고 가시면류관을 엮어 씌우고 예하여 가로되 유대인의 왕이여 평안할지어다 하고 갈대로 그의 머리를 치며 침을 뱉으며 꿇어 절하더라(마가복음 15:17~19)"

김병종이 그린 〈유대인의 왕〉은 얼굴에 침이 묻고 모욕을 당한 예수의 모습이다. 그런데 왜 자꾸 나는 예수의 머리카락이 우리의 산으로, 코가 강으로, 수염은 마을을 둘러싼 물돌이강으로, 수염 속의 빨간 입은 마을로 보이는가. 사람은 그 마을에서 생명의 꽃을 피우고 있었다. 아무리 사람들이 모욕하고 침을 뱉어도 사람들은 작게나마 생명의 꽃을 피우며 그렇게 살아간다. 그리하여 그의 그림 〈바보 예수〉는 꽃이 피고 나무가 자라고 새들이 사는 〈생명의 노래〉 시리즈로 이어진다.

"여우에게도 굴이 있고, 하늘의 새도 보금자리가 있지만 나는 머리 둘 곳조차 없다."고 절망하던 예수는, 그러나 "내가 온 것은 사람들한테 섬김을 받으려는 것이 아니라 사람들을 섬기기 위한 것"이라고 말하며 몸을 낮추었다.

미켈란젤로가 잘생기고 완벽한 백인 남자로 재탄생시키고 싶어했던 예수는 그러나 사실은 머리 둘 곳조차 없는 외로운 사람이었고, "주여, 왜 저를 버리시나이까!"라고 절규하며 고통에 몸부림치던 가련한 존재였다. 엔도 슈사쿠는 그의 소설 『사해 부근에서』에서 동정심이나 연민, 사랑 따위는 자살이나 마찬가지인 유대인 수용소에서 "죄수 한 사람이 그때 중얼거린 '세상은 어찌하여 이렇게… 아름다운가' 라는 말을 나는 아직도 잊지 못합니다."라고 했는데 어쩌면 그렇게 중얼거린 그 사람이 예수인지도 모른다. 예수는 십자가의 고통에서 "레마 사박타니!"라고 소리쳤지만 한편으로는 "세상은 어찌하여 이렇게 아름다운가"라고 말하는 이다. 그러면서도 예수는 또한 주제 사라마구의 『예수복음』에서 "주여, 당신은 언제 인간보다 먼저 당신 자신의 잘못을 인정하시겠습니까."라고 하느님에게 물음을 묻고 싶어 한다. 마리아가 예수에게 "누가 보면 네가 가족보다 양을 더 사랑하는 줄 알겠구나."라고 하자 "지금은 그래요."라고 서슴지 않고 대답하는 예수는 우리 주변에서 흔히 볼 수 있는 목동이기도 하다.

"주여, 저는 당신 앞에 섰습니다. 저에게 내일 줄 것을 오늘 주십시오."라고 간청하는 예수에게 하느님은 그것은 선물이 아니라 교환이라고 대답했다. "제 생명과 무엇을 교환하는 겁니까. 권세, 그리고 영광이라고 하셨죠? 하지만 제가 그 권세를 잘 모른다면, 그것이 무엇인지, 누구에 대한 권세인지, 누구의 눈에 보기에

권세인지 말씀을 안 해 주신다면" 이라고 하느님에게 대드는 예언자이기도 하다. 그러나 그는 무엇보다 우리 주변의 예수, 우리 주변의 사람이다.

그리하여 김병종은 그런 예수를 〈바보 예수〉라는 연작 시리즈로 그리기 시작한다. 많은 예술가들이 예수를 쓰고 그리고 노래하고 춤을 추었다. 그러나 김병종이 그린 예수는 황진이와 춘향 같은 바보 예수로 모두 예수라는 실존적 존재였다. 그의 그림을 보고 있으면 예수가 왜 바보 예수인지를 알게 된다. 그리고 예수는 바보가 됨으로써 비로소 예수로 거듭난다.

그가 1986년에 그린 〈목수의 얼굴〉에는 한국인의 고향인 하회마을이 드러난다. 시루봉을 지나 하회마을로 들어온 물은 마을을 한 바퀴 휘돌아 남쪽으로 돌아간다. 그는 안동의 물돌이 마을을 보고 한동안 자주 다녔다고 하는데 그래서인지 이 〈목수의 얼굴〉의 얼굴을 보고 있으면 하회마을을 보는 듯하다. 머리카락으로 휘돌아 온 물은 수염에서 한 바퀴 휘돌아 나가는데 수염 안에는 마을이 자리 잡고 있어 아늑하기 그지없다. 김병종이 후에 그린 〈생명의 노래〉 시리즈에서 〈물도리동〉은 안동 하회마을을 그린 그림인데 바로 예수의 수염과 입과 모양이 같다. 산과 마을을 둘러싸고 강이 마을을 한 바퀴 휘돌아 가는 하회마을은 생명 그 자체이다. 그는 숨이 들고 나는 입을 생명의 근원으로 본 듯하다. 이마의 가시면류관으로 인한 핏자국은 민초들의 아픔을 보여주는 듯한데 예수는 바로 이 하회마을 사람들의 생명력 강한 모습 그대로이다. 김병종은 〈흑색 예수〉를 통하여 어지럽고 피 흘리는 온통 검은 사람을 그려 놓고 "그 예수는 화려한 외모나 풍채를 가진 분이 아닌 나사렛의 목수 바로 그 사람이었다."라고 말하고 있다.

〈바보 예수〉 연작을 보고 전율을 느꼈던 그림은 1988년에 그린 〈닭이 울다〉였다. 예수는 베드로에게 "닭이 세 번 울기 전에 네가 나를 세 번 모른다 하리라."고 예언하였다. 예수는 이미 베드로가 닭이 세 번 울기 전에 자신을 모른다고 할 것을 알고 있었기에 닭이 울자 떨리고 두려운 마음을 그대로 보여 주고 있다. 어깨까지 내려온 구불구불한 머리카락은 예수의 불안과 공포로 떨리는 마음이 그대로 전달되며 감추지 못한 두려움이 크게 뜬 두 눈에 나타나 있다. 그리고 항상 온화하게 그려져 있던 입은 깊이를 알 수 없는 캄캄

한 구멍으로 그려졌다. 예수는 베드로가 자신을 부인할 것을 알고 있었지만 두려움과 불안에 떠는 나약한 사람이었던 것이다.

예수는 내게 가깝고도 먼 인물이다. 종교를 믿지 않는 내게 예수는 탁월한 나사렛의 예언자요 선지자일 뿐이다. 어릴 때 나는 멋모르고 성경을 읽었다. 집에 성경이 있었는데 아무도 그것이 성경이라고 알려주지 않았다. 그래서 내게 구약성경은 재미있는 신화였고, 신약성경은 환상적인 동화였다. 예수가 대장이 되어 제자들을 끌고 다니며 이적을 일으키는 것은 동화 속에서나 일어날 일이었다. 어쨌든 나는 그렇게 성경을 읽었고, 그것은 오래 남았다.

몇 년 전엔 크리스천이 되기 위하여 성당의 교리반에 들어가서 6개월간 수업을 받기도 했다. 그러나 나는 결국 세례받기를 포기했다. 교리 공부를 하면 할수록 자꾸만 이건 아니라는 생각이 들었고, 무엇보다 맹목적으로 믿기를 강요하는 주변의 신도들을 감당하기가 어려웠다. 그래서 결국 성경공부가 끝나는 날 나는 세례받기를 거부한 유일한 사람이 되었다. 사람들의 눈총이 따가웠지만 믿지 못하면서 믿는다는 거짓말을 하고 싶지는 않았다. 그러나 여전히 나는 성경을 읽고 예수에 관심을 가진다. 예수는 단순히 예언자요 선지자라고 해버리기에는 너무 많은 것을 품고 있는 것으로 보이기 때문이다.

김병종의 〈바보 예수〉 연작을 보면서 나는 전율했다. 내가 찾던 예수가 거기 있었다. 예수는 고고하게 성당의 십자가에 매달려 사람들을 굽어 내려보는 것이 아니라 고통받고 울부짖고 두려움에 떨고 회한에 잠기며 피눈물을 흘리고 있었다. 사람의 생이 그러하므로 예수 또한 그러해야 했다. 그런 그림들이 화첩을 가득 채웠다. 나는 화첩을 넘기고 또 넘겼다. 특히나 '엘리 엘리 레마 사박타니'라는 말은 나의 생애를 덮으면서 나를 위로해 주었다. 고통과 번민 속에 내버려져 있다고 생각했던 사람은 나 혼자만이 아니었다. 예수 또한 버림받아서 고통 속에서 울부짖고 있었다.

울부짖는 예수, 묵상하는 예수, 피 흘리는 예수, 나무처럼 마른 몸으로 손과 발에 못이 박혀서 십자가에 매달린 예수, 두려움에 떠는 예수, 이웃집 아저씨 같은 예수, 자신을 배반한 베드로를 표정 없이 돌아보는 예수, 그 모든 예수가 사람의 형상으로 그려져 있었고,

그 예수는 곧 나의 모습이었다. 가만히 눈을 감고 빗발치는 비난과 욕설과 돌멩이를 묵묵히 감당하고 있는 예수는 표정이 없었다. 그리고 예수도 때로는 사람의 말을 듣지 않기 위해 귀를 막았다. 그런데 귀를 막은 예수의 입속에서 생명의 꽃이 피고 있었다. 수많은 '바보 예수'라는 제목을 단 그림들은 천진하고 맑았다. 묵상하는 머리 속에는 피가 흐르고 사람의 말을 듣지 않기 위해 귀를 막던 예수는 결국 바보 예수가 되었다. 그리하여 그는 성자가 된 것이다. 우리 주변에서 흔하게 볼 수 있는 목수의 얼굴을 한 성자의 얼굴이었다.

김병종은 개인전이 끝나고 난 후 소품 한 점을 지인에게 선물로 드렸는데, 그 그림을 볼 때마다 지인의 어머니는 "이 무슨 걸레 같은 것을 걸어놓았느냐"고 하셨단다. 예수의 모습이 본래 그러하다. 가난했던 사람의 아들은 들에서 밤을 보내고 남루한 옷을 입고 거리를 돌아다녔다. 그러나 얼굴은 가장 평화롭다. 걸레 같다는 그 그림을 보면 평화가 달리 없다. 나는 그 그림을 보면 이 말이 떠오른다.

"수고하고 무거운 짐 진 자들아 다 내게로 오라 내가 너희를 쉬게 하리라(마태복음 11:28)"

지난 연말이었다. 무슨 일이었는지 마음이 몹시 무겁고 지쳐 있었다. 사람들이 두렵고 살아 있다는 것이 힘겨웠다. 무슨 행사 때문에 어느 교회를 가게 되었는데 설교단 옆의 벽에 이 말이 씌어 있었다. "수고하고 무거운 짐 진 자들아 다 내게로 오라 내가 너희를 쉬게 하리라" 나는 의자에 털썩 주저앉았다. 누군가가 나를 위하여 그 의자를 마련해 놓은듯싶었다. 주체할 수 없는 눈물이 흘러 내렸다. 그러나 눈물로 세상을 적셔야 했던 예수는 거기 없었고 커다란 십자가 하나가 제단 한가운데서 아래를 굽어 보고 있었다. 그때 내가 눈의 강에서 흘러내리는 눈물을 그린 그림 〈눈물〉을 알았더라면 나는 예수와 함께 울었으리라. 예수는 내 곁에 있는 바로 당신이다.

깨어나지 못할 묵서명을 새기며, 백자항아리
- 김환기의 〈백자항아리〉 그림

지평선 위에 항아리가 둥그렇게 앉아 있다
굽이 좁다 못해 둥실 떠 있다.

둥근 하늘과 둥근 항아리와
푸른 하늘과 흰 항아리와
틀림없는 한 쌍이다.

똑
닭이 알을 낳듯이
사람의 손에서 쏙 빠진 항아리다.
- 김환기의 「이조 항아리」

겨울이 이슥히 기울면서 터질 듯이 부풀어 오른 매화 몇 가지를 꺾어다 집에 있는 하얀 도자기로 된 화병에 꽂아 두었다. 꽃은 곧 터질 듯하면서도 한참 동안 몽우리를 터트리지 않고 애를 태우다가 어느 날 아침에 문득 피었다. 가지에 가득하던 붉은 빛깔이 모두 꽃으로 올라간 모양이었다.

꽃을 기다리는 마음이 얼마나 조급했던지 꽃송이를 많이 부풀어 오른 것, 막 피어나려는 것, 아직 눈도 열지 못한 것으로 구분하면서 이제 막 피어난 매화 사진을 찍어 친구에게 보냈다. 봄을 기다리는 마음이었다. 그런데 친구는 매화를 꽂은 그 화병은 어디서 구했느냐면서 호기심을 보였다. 시골에 갔다가 어느 낯선 집의 장독대에서 뒹굴고 있는 것을 주워 온 것이었다. 그 화병도 내가 주워오지 않았다면 언젠가는 김환기의 집에 있던 달항아리처럼 깨어져 파편으로 나뒹굴 것이었다.

항아리가 흡수하는 월광으로 뜰이 꽉 차는 밤이면 항아리에서 다사로운 김이 오르곤 했다는 김환기의 항아리는 부산으로 피난살이 3년을 하고 돌아왔더니 모두 파편으로 변해 있었다. 그 이후 그는 더 이상 항아리를 구입하지 않았다고 한다.

한때는 항아리를 마당에 내어놓고 햇볕에 따라 이리 저리 옮겨 다니며 완상하던 그가 아니었던가. 마치 모네가 수련을 그리기 위해 하루종일 연못을 바라보며 바람이 불 때, 햇빛이 강렬할 때, 비가 내릴 때, 흐렸을 때를 애타게 구분한 것처럼 김환기도 자연환경에 따라 달리 보이는 항아리를 보면서 애를 태웠다.

김환기는 항아리 그림을 많이 그렸다. "나의 예술의 모든 것은 조선백자 항아리에서 나왔다."고 할 정도로 그는 항아리를 사랑했다. "내 예술은 하나도 변하지 않았소. 여전히 항아리를 그리고 있는데 이러다간 종생 항아리 귀신만 될 것 같소."라고 파리에서 지인에게 편지를 쓴다. 그만큼 항아리는 그의 예술혼의 원형인 것이다.

몇 해 전에 그의 전시회가 열리는 전시장을 찾았다. 이미 명성만으로 그는 한국화단을 지배하고 있었으니 지방의 한 미술관에서 열리는 전시회는 사람들의 관심을 끌기에 충분했다. 굵은 선으로 산과 하늘과 땅을 그려놓은 추상화 위로 전통적인 오방색이 넘실거렸다. 추상적인 그의 그림이 낯설지 않고 친숙하게 다가오는 것은 그 오방색 때문일 것이다. 특히나 강렬한 파란색이 눈을 끌었다. 푸르스름한 나무와 푸르스름한 달은 틀림없는 한국의 나무와 달이었다.

어릴적 늦은 밤에 친구들과 놀고 혼자서 돌아오다가 문득 하늘을 올려다보면 가만히 나를 내려다보고 있던 푸르스름한 달과 만나곤 했다. 적막하고 한없이 가슴을 철렁 내려앉게 만들던 그 푸른 달을 잊을 수가 없다. 푸른 달이 두둥실 떠 있는 전시장에서 나는 어릴적 함께 놀았던 친구들과 푸른색이 상징하는 농경의 신 복희씨를 떠올렸다. 음양오행에서 푸른색은 농경의 시작인 봄과 생성의 상징인 나무를 의미하기도 한다. 그러면서 온통 푸른색으로 칠해진 그림 앞에 서면 세상의 소음이 모두 사라진 절대 고요의 경지에 든 듯했다.

"칠야삼경에도 뜰에 나서면 허연 항아리가 엄연하여 마음이 든든하고 더욱이 달밤일 때면 항아리가 흡수하는 월광으로 인해 온통 내 뜰에 달이 꽉 차 있는 것 같기도 하다."고 그는 쓰고 있다. 마치 사람이 흙에다 더운 숨을 넣은 것처럼 항아리는 달빛 아래 푸르게 빛나는 것이다. 그가 그린 1958년 작 〈무제〉는 백자 항아리에 바람과 햇빛, 달빛이 스치며 시시각각 다른 색으로 빛난다. 그의 말처럼 땅에 놓여 있는 것 같지 않고 공중에 두둥실 떠 있는 것처럼 보이는 것은 항아리가 바람과 햇빛, 달빛의 한가운데 놓여 있기 때문인데 비가 내리는 날에는 항아리에 무지개가 서리기도 한다.

그런 그림들을 둘러보다가 매화가 있는 달항아리 그림을 만났다. 푸른 달의 적막과 이별하고 어디선가 친한 친구가 등을 툭 치며 말을 걸어오는 듯한 그런 그림이었다.

내가 살았던 고향 집은 그렇게 넉넉한 형편이 아니어서 둥실한 백자 항아리 하나 놓아두고 완상할 여유가 없었다. 기껏 소금이나 담아두는 작은 항아리 정도가 부뚜막에서 새초롬하게 빛나고 있을 뿐이었다. 그것은 이미 백자라고 하기에는 무색하게 오랜 세월의 때가 더께로 자잘한 실금 사이에 내려앉아 있었지만 흰색이 주는 빛감은 눈부셨다. 손에 감겨들며 잡히는 감촉도 좋았지만 아궁이에 불 땔 때 흔적인 시커먼 그을음이 남아 있는 부엌에서 그것은 백자 대접만큼이나 귀물이기도 했다. 그것이 어느 날 스테인리스에 밀려 장독대에 버려져 있는 것을 보고 매화나 진달래가 피는 철이면 주워와서는 꽃을 꽂아 두곤 했다. 그것은 희한하게도 꽃들과 잘 어울려 꽃이 피어나는 것처럼 환하게 피어 났는데 아마도 김환기는 그런 몰취미한 백자 항아리와 는 비교하기도 어려운 항아리를 사다 놓고 즐겼을 것 이다. 때로는 꽃을 꽂아 두었을 것이고, 어떤 날은 눈 부신 햇살에 하얗게 빛나는 빛감에 몸서리치면서.

나는 요즘의 달항아리가 그렇게 귀물인 것을 쉽게 이 해하지 못한다. 항아리라면 적어도 어느 한 모양이 살 짝 뒤틀리거나 무심한 듯 실금이 슬쩍 가 있거나 아무 리 봐도 좌우 균형이 비틀린 듯한 그런 것이어야 그래 도 뭔가 사람 사는 냄새가 나는 것 같다. 그런데 요즘 좋은 것이라고 놓고 보는 달항아리라는 것이 한 점 뒤 틀림도 실금도 먼지도 없이 날마다 먹고 노는 기생 기 둥서방처럼 매끈하니 쪽 빠진 것이 여간 못마땅하지 않다.

달도 차고 기우는 것을 보고 있노라면 어느 하루도 그렇게 한 치의 오차도 없이 둥근 것은 없다. 아무리 보름이라고 해도 달은 어느 한쪽이 기울어져 있기 마 련이며, 그래서 그 달을 향해 할머니 할아버지께 비손 하듯이 남들 볼세라 슬쩍 소원 하나도 말해 보곤 하는 것이다. 그런데 그것이 기름 반질반질하게 바른 사내의 머리처럼 동그랗게 반질거린다면 어찌 마음 놓고 소원이라도 빌 수 있겠는가. 그랬는데 김환기의 항아리 그림을 보면 적당히 어그러지고 이은 곳이 울퉁불퉁하면서 삐뚤빼뚤한 것이 비로소 마음이 놓인다. 원래 달항아리라는 것이 무게 때문에 한꺼번에 빚어 올리지 못하고 위와 아래를 따로 빚어서 나중에 둘을 붙인다. 그래서 그것은 똑 떨어지게 둥근 원형을 잘 유지하지 못하고 어느 한쪽으로 살짝 기울거나 이은 곳이 불완전해서 오히려 정겹다.

우리 어머니들이 날마다 닦고 보듬으며 관리하던 항아리들이 모두 그런 형태였다. 한쪽 모서리가 날아간 채 얼기설기 쌓아놓은 감은사지 삼층 석탑이 완전한 형태미를 갖춘 불국사 석가탑보다 더 아름다운 것처럼, 덜 아름다워서 더 아름다운 역설이 어머니의 장독이나 김환기의 달항아리에서 형태를 드러낸다. 그런데 요즘은 기술이 발달해서인지 어디 한군데 흠잡을 데 없이 쪽 빠진 달항아리들이 귀물 대접을 받는다. 아무리 둘러봐도 흠잡을 데가 없으니 오히려 항아리 같지 않고 그야말로 전시를 위해 공장에서 찍어낸 사물 같다.

김환기는 미에 대한 눈뜸을 우리 항아리에서 했다고 고백한다. 아름다움이란 우리의 삶과 동떨어진 곳에 있지 않다. 장독대에 가보면 오랜 세월을 견딘, 어떤 것은 할머니 대부터 내려온 항아리들이 햇살을 받으며 적요를 견디는데 그것을 가만히 보고 있노라면 어느 겨울날 김장 김치를 꺼내기 위해 몸이 빠질 듯이 깊숙이 팔을 넣었던 그 항아리부터 부뚜막에 얹어두고 소금 단지로 썼던 자그마한 백자 항아리까지 그림처럼 떠오른다. 기형적으로 배가 불룩 나온 항아리를 툭툭 치다가 어머니한테 혼났던 것이며, 씻다가 깨어버렸던 항아리의 사금파리들에 놀라 울었던 것이며, 무언가와 부딪혀 작게 실금이 간 것을 속이고 있다가 끝내 속임수가 들통나서 혼이 났던 것까지, 그러나 거기에는 삶의 한때가 어우러져 각양각색의 항아리에 아름다움을 더하고 있는 것이다.

그가 1965년에 그린 〈무제〉에 그려진 항아리는 같은 모양이 하나도 없다. 그것은 모두 삐뚤빼뚤하고 길고 펑퍼짐하여 영락없이 내 어머니의 장독대에 있는 항아리 꼴이다.

"둥글다 해서 다 같지가 않다. 모두가 흰 빛깔이다. 그 흰 빛깔이 모두가 다르다. 단순한 원형이, 단순한 순백이, 그렇게 복잡하고, 그렇게 미묘하고, 그렇게 불가사의한 미를 발산할 수가 없다. 고요하기만 한 우리 항아리엔 움직임이 있고 속력이 있다. 싸늘한 사기지만 그 살결에는 다사로운 온도가 있다. 실로 조형미의 극치가 아닐 수 없다."

김환기는 항아리와 꽃을 주로 그렸는데 1951년 부산 피난 시절 그린 〈항아리와 여인들〉을 비롯한 몇 점의 그림들은 항아리와 여인을 대상으로 그린 그림이다. 항아리란 여인들에게나 쓰임새가 있는 사물이게 마련인데 여인들이 어깨에 얹거나 안고 가는 항아리에는 무엇이 담겼는지 알 수가 없다. 그러나 필경 거기에는 가족에게 먹일 식량이나 물 따위가 담겨 있을 것이고, 그럴 때 여인들의 표정이란 의기양양할 수밖에 없다.

한 손에는 커다란 물고기를 들고 머리에 인 함지박에는 물고기를 가득 담고 가는 여인과 항아리를 이고 안고 가는 여인들의 표정은 밝고 활기차다. 그리고 뒤에는 어깨동무를 한 두 여인이 이마에 손을 얹고 먼바다를 바라보고 있다. 아마도 먼저 항아리를 가득 채운 여인들은 집으로 빨리 돌아가서 항아리 속에 든 것들을 꺼내 가족들을 먹일 생각에 표정이 밝을 수밖에 없을 것이고, 아직 항구에 닿지 못한 배를 기다리는 여인들은 마음이 조급하여 이마에 손을 얹고 먼바다를 바라보고 있을 것이다.

뒤이어 1956년에 그린 〈여인과 매화와 항아리〉는 전쟁의 상흔이 좀 가라앉을 무렵 그린 그림인데 화병으로 쓰일 것 같은 길쭉하고 둥근 항아리를 안은 여인들과 매화가 함께 그려져 있다. 꽃보다는 먹을 것이 급했던 피난 시기를 거쳐 한숨 돌리고 나서 꽃이 보였던 모양이다. 꽃을 꺾어서 항아리에 꽂을 생각에 여인들의 표정이 환하게 밝다. 부잣집 안방의 깊숙한 곳에서 바람과 햇볕도 쬐지 못하고 들어앉아 있는 항아리가 아니라 우리 이웃에서 흔하게 보던 항아리와 여인들, 꽃이니 그의 그림을 보노라면 이웃집 아낙이 항아리 하나 이고 불쑥 나타날 것도 같다.

진달래 철이 되면 우리는 학교에서 돌아오기 바쁘게 가방을 던져두고 앞산으로 달려갔다. 이미 앞산에는 진달래가 붉게 타오르고 있었으니 아이들은 날마다 꽃을 한 아름 꺾어와 장독대에도 꽂아 두고 앉은뱅이책상 위에도 꽂아 두었다. 꽃이 지천일 때였다. 그럴 때면 집에 비어 있는 항아리가 모두 동원되다시피 했는데 평소에는 엄두도 못 내던 커다란 항아리에도 그때만은 푸짐하게 진달래가 담기곤 했다.

그러다가 모란이 피면 그 귀한 꽃을 부모님 몰래 한두 송이 꺾어 작은 화병에 꽂아 책상 위에 얹어두는데 모란이란 것이 금방 피고 지는 것이라 매화처럼 오매불망 기다릴 것도, 꽃이 피는 것을 헤아릴 것도 없었다.

하늘에는 달이 둥실 떠 있고 마당에는 백자 항아리가 달빛을 받아 하얗게 빛나는 풍경은 상상만 해도 아름답다. 달빛이 푸른 날은 백자 항아리도 푸르게 빛날 것이고, 그런 날이면 마루의 서늘한 감촉을 느끼며 오래도록 항아리를 바라보면서 적막에 몸을 떨 것 같다. 김환기가 항아리만 그리다가 달을 그리기 시작한 것은 달의 형태가 항아리처럼 둥글어서인지도 모르고 내용이 은은한 것이어서인지도 모른다고 했다. 그래서인지 그의 그림 〈둥근 달과 항아리〉는 굳이 달과 항아리를 구분할 이유가 없어 보인다. 달이 곧 항아리이고 항아리가 곧 달의 형태를 가졌기 때문이다. 항아리와 달에 스친 거친 질감과 아무렇게나 그린 듯이 보이는 둥근 형태가 마치 우리의 삶을 고스란히 드러낸 것처럼 보인다. 그래서 김환기는 '달 같은 바보'라는 말을 인용한다.

그는 프랑스에서 "눈을 감으면 환히 보이는 무지개보다 더 환해지는 우리 강산"을 그리워하며 지냈다. 그래서 우리나라의 강과 산을 우리의 색인 오방색으로 그리고 둥근 항아리와 한국의 여인들을 그리며 외로움을 달랬다. 미술사학자 최순우는 달항아리를 "원의 어진 맛은 그 흰 바탕색과 아울러 너무나 욕심이 없고 너무나 순정적"이라고 표현했는데, 그래서인지 김환기는 "글을 쓰다가 막히면 옆에 놓아둔 잘생긴 백자 항아리의 궁둥이를 어루만지면 글이 저절로 풀린다."고 했다. 그러나 그런 그도 항아리로 외로움을 모두 달래지는 못하고 "뻐꾸기 노래를 생각하며 종일 푸른 점을 찍었다. 앞바다 돗섬에 보리가 누렇다 한다. 생각나는 것이 많다."며 빛깔을 사 오고 빛깔을 엎지르며 그림을 그렸다.

칸딘스키의 말처럼 그에게도 점은 울림이었다. 푸른 점에서 뻐꾸기 소리가 울려 퍼졌다. 그가 찍은 푸른 점

은 그만이 그려낼 수 있는 미묘한 푸름이며, 그것은 온
통 고국을 생각하며 찍은 점이었다. 그리고 그는 "사람
은 꿈을 가진 채 무덤에 들어간다." 며 영면에 들었다.
그의 무덤에는 오늘도 푸른 꿈이 자라고 무덤 속의 달
항아리에는 영원히 깨어나지 못할 묵서명이 새겨져 있
을 것이다.

공간

벽은 눈앞의 컵이나 얇은 책처럼 존재를 전혀 드러내지도 않지만
때로는 그 무엇보다 크고 거칠게 자신을 드러낸다.
그게 벽이다. 내 앞에 서 있는 벽, 나를 가로막는 벽,
내가 기대고 앉은 벽, 안으로 들어오면 비로소 마음이 놓이는 벽,
벽이란 그런 것이다

가능성이 사라진 침묵, 흰옷

- 영화 〈아쉬람〉

"경전을 섭렵하셨으니 말씀해 주세요. 과부는 학대받아
야 한다고 적혀 있나요?"

우리 민족은 백의민족이라고 하지만 내게 흰옷은 상
복으로 각인되어 있다. 내가 어릴 때만 해도 상을 당하
면 사람들은 흰옷을 입고 장례식을 치렀다. 장례식이
끝나고도 한참 후까지 그 집안사람들은 흰옷을 입고
죽은 사람을 애도했다. 가끔 남편이 죽은 여자의 경우
는 대부분 관습상 정해진 기간보다 더 오랫동안 흰옷
을 입었다. 여자는 흰옷을 입고 우물에서 물을 길어 왔
고, 들에서 일을 했고, 밥을 해먹이며 아이들을 길렀
다. 흰옷은 흙이 묻었고 얼룩이 졌지만 개의치 않았다.

영화에서 보듯이 눈처럼 흰, 아침 안개처럼 흰, 목련처럼 희어서 아름다운 흰옷은 아니었다. 사람들은 그 옷을 입고 살아야 했기 때문에 삶의 얼룩들이 여기저기 묻어 있곤 했다. 어쩔 수 없는 일이었다. 관습보다 훨씬 오랫동안, 다른 가족들은 상복을 벗고 지내도 여자들이 계속 흰옷을 입었던 이유는 죽은 사람에 대한 애도 때문이었을 것이다. 여자는 쉽게 죽은 이를 잊을 수 없어서 그렇게 얼룩이 묻은 흰옷으로 애도를 했을 것이라고 생각한다.

가끔씩 3년 상을 치르는 집이 있었다. 마루에 높은 제상을 만들어 놓고 조석으로 밥을 올렸다. 어쩌다 저녁때 그런 집에 엄마의 심부름을 가보면 그 집 남자가 흰옷을 입고 밥을 올리고 있었다. 나는 깨금발을 디디며 조심조심 부엌으로 가서 심부름을 하고는 다시 마루를 흘깃흘깃 올려다보며 깨금발로 그 집에서 물러나오곤 했다. 어릴 때 아버지가 돌아가신 내 친구는 장례식 날 흰옷을 입고 지팡이를 짚은 채 슬픔을 참느라 얼굴이 벌게져 있었다. 소리 내어 울지 않고 벌게진 얼굴에 뚝뚝 흘러내리던 눈물이 수십 년이 지난 지금까지 머릿속에 남아 있다. 그 친구는 그날의 눈물과 흰옷을 기억하고 있을까.

흰옷은 내게 그렇다. 한때의 시간을 관통해 오면서 늘 누군가가 죽어서 입고 있던 옷, 그래서 그 흰옷에는 삶과 죽음과 슬픔이 스며 있었다.

흰색이 가능성이요 결핍이요 무無라고 한 것은 그러므로 흰옷을 입은 사람들과 한때를 보내보지 못한 사람들의 환상적인 정서 탓이라고 생각한다. 흰색은 더는 담을 게 없는 가득함이고 넘침이고 완전함이다. 도대체 내가 어릴 적에 보았던 그 흰옷에 더 이상 무엇을 더할 수 있단 말인가. 여자들이 얼룩이 진 흰옷을 입고 물을 길으러 가고, 들에서 일을 하고, 밥을 해서 아이를 먹이던 그 '흰' 색에 무엇을 더 요구할 수 있겠는가.

1938년의 인도, 이제 여덟 살이 된 소녀 쭈이야는 늙고 병든 남자에게 팔려서 시집을 간다. 결혼을 한다는 것이 무엇인지도 모를 나이, 그러나 불행하게도 남자는 쭈이야의 집에서 결혼식을 올리고 돌아가는 길에서 죽고 만다. 여덟 살의 쭈이야는 과부가 된 것이다. 남편의 죽음에는 아내에게도 책임이 있다고 여기는 힌두교의 교리에 따라 쭈이야는 흰옷을 입고 머리를 삭발당한 채 과부들의 집인 아쉬람에 유폐된다. 그곳에는 쭈이야말고도 흰 사리를 입은 많은 과부들이 있었다.

'과부는 평생 수절하면서 인고의 삶을 살아야 한다. 정숙한 아내는 사별하면 수절한다. 정절을 지키지 않으면 자칼의 자궁에서 환생한다.'는 힌두교의 마누법전이 그 여자들을 아쉬람에 살게 한 것이다.

엄마가 있는 집으로 돌아가고 싶어 하는 쭈이야에게 "아녀자는 본디 지아비에게 딸린 목숨인지라 반 죽은 목숨이 고통인들 느끼겠니?"라고 원장이 말하자 쭈이야는 "그래도 반은 살아 있잖아요."라고 대꾸한다. 어린 쭈이야는 그곳 여자들의 삶을 도무지 이해할 수가 없고 단지 엄마가 있는 집으로 돌아가고 싶을 뿐이다. 결혼이 무엇인지도 모르고 얼굴도 기억나지 않는 남자 때문에 엄마가 없는 아쉬람에 갇혀 있다는 게 부당할 뿐이다. 그래서 묻는다. "홀아비들의 집은 어디 있어요?"

흰옷을 입고 삭발을 했기 때문에 어디에서든 그들이 과부라는 것을 알아보았다. 당시 인도에서는 과부들을 뒤따라가는 것은 죄이고, 결혼하는 새색시한테는 과부의 그림자만 닿아도 부정을 탄다고 생각했으며, 과부라는 이유만으로 길거리에서 음식을 사 먹을 수도 없었다. 바라나시 강가에서 설교를 하는 사제는 "어찌 그리 무지한가? 무지가 한이로구나."라고 한탄하지만 한 사제의 한탄이 어찌 세상을 바꾸겠는가.

당시는 간디가 인도의 독립과 개혁을 위해 비폭력저항운동을 할 때였다. 간디는 인도 인구의 15%를 차지하면서도 심각한 차별과 불평등에 시달리고 있던 제5계급인 불가촉천민이 신의 자녀라고 설파하며 인도의 무지를 타파하고자 한다. 그러나 여전히 인도의 카스트제도에서 가장 높은 계급에 있는 브라만들은 과부와 강가, 계단, 길, 황소와 수도승을 멀리하면 해탈한다고 말하며 최상의 삶을 살고 있었다. 그들에게 그녀들은 한 인간으로서의 여자가 아니라 계단이나 길, 황소와 같은 대상이었다.

아쉬람의 흰옷을 입은 여인들은 모두 남편을 잃고 사는 여자들이지만 그들도 무지한 인도 여자였다. 그들은 자신들의 삶이 당연하다고 생각하며 살아가지만 아직 어려서 아무것도 모르는 쭈이야는 그렇지 않았다. 그 아쉬람에는 원장의 명령에 따라 머리를 기르고 매춘을 하는 깔랴니가 있었다. 그녀의 매춘은 원장의 세속적 욕망을 충족시키고 아쉬람 식구들의 먹을거리를 구해주는 하나의 방편이다. 아쉬람에서 벗어나는 방법을 알지 못하는 깔랴니는 다른 여자들과 분리된 공간에 살며 필요할 때마다 매춘을 하지만 영국 유학을 하고 의식이 개혁된 나라얀을 만나면서 생각이 바뀌기 시작한다. 매춘을 강요하는 원장에게 "여긴 매음굴이 아니라 수행하는 곳"이라고 대들기 시작한 것이다.

과부들은 재혼을 생각만 해도 죄를 짓는 것이라고 여기는 아쉬람의 여자들 속에서 그나마 깨우친 여자인 바바는 사제에게 묻는다. "경전을 섭렵하셨으니 말씀해 주세요. 과부는 학대받아야 한다고 적혀 있나요?" 그녀에게 사제는 이렇게 답한다. "경전에 따르면 과부에겐 3가지 선택권이 있다네. 죽은 남편과 같이 화장하던가, 평생 자기 부정의 삶을 살던가, 가족이 허락하면 시동생과 결혼하는 것일세. 최근에 과부의 재가에 호의적인 법이 통과됐지만 사람들은 자기에게 이득이 안 되는 법은 무시하는 법이네." 무엇 때문에 과부의 재가가 사람들에게 이득이 안 되는 법이었을까.

과부들은 왜 아쉬람에 보내진 것인지 묻는 바바에게 나라얀은 답을 해준다. "입 하나 덜고 옷 한 벌 아끼고,

비좁은 방 잠자리 하나 줄이려는 거죠. 종교는 명목일 뿐이고 결국은 돈이에요." 그리고 간디는 양심이 신앙과 충돌할 때는 양심의 소리에 귀를 기울이라고 가르쳤다고 알려준다.

결국 흰옷 입은 과부들은 돈을 아끼기 위한 사람들의 이기심 때문에 아쉬람에 버려진 것이다. 힌두교의 율법에 그렇게 적혀 있었으나 그 법은 사람의 양심에 귀를 기울인 법이 아니었다.

바실리 칸딘스키는 "흰색은 죽은 것이 아닌, 가능성으로 차 있는 침묵인 것이다. 그것은 젊음을 가진 無이며, 더 정확히 말하면 시작하기 전의 무요, 끝나기의 무인 것이다."라고 말하지만 아쉬람의 과부들에게 흰색은 죽은 것이요, 가능성이 사라진 침묵이요, 늙음을 가진 무이며, 시작도 하기 전 끝나기의 무일 뿐이다. 모든 존재자들이 있기 위해서는 그것들을 개방하는 존재의 차원이 앞서야 한다고 말한 하이데거의 철학도 그녀들에게 아무런 의미를 가지지 못한다. 그녀들은 개방되어 보지 못한 존재자이며, 개방될 가능성을 상실한 존재자이기 때문이다. 존재하되 무인 존재가 그녀들이다.

내가 어릴 적 보았던 여자들의 흰옷은 그래도 다른 색을 칠할 수 있는 가능성이 있었고, 완전히 소진시킬 수 없는 흰색이었다. 한때 훼손되었지만 결코 완전히 훼손될 수 없는 가능성이 있었으므로 마을 사람들은 그 가능성을 열어 주었고, 돌봐 주었다. 그녀들은 비록 한때 흰옷을 입었지만 자신을 개방하는 존재의 차원은 항상 앞서 있었고, 그래서 참답게 존재했다. 그러나 아쉬람의 여자들에게는 모든 가능성이 침묵하고 있었고, 존재는 완벽하게 무에 머물러 있었다. 그녀들은 살아 내야만 하는 자신들의 삶 앞에 한없이 무기력했을 뿐이다.

결혼하기로 한 나라얀이 자신이 매춘하러 갔던 집안의 아들인 것을 알고 깔랴니는 바라나시 강둑에 흰 두파타를 벗어두고 강물 속으로 사라진다. 인간은 선하면서도 얼마나 악한지, 원장은 어린 쭈이야를 단과자로 유혹하여 죽은 깔랴니 대신 매춘을 보낸다. 신을 진리라고 믿다가 진리가 신이라는 것을 깨달은 바바는 간디를 따라 영국으로 가는 나라얀에게 쭈이야를 보낸다. 쭈이야는 아마도 그 아쉬람을 벗어난 최초의 여자가 될 것이다.

영화가 만들어지던 2001년 인구조사에 따르면 인도에는 삼천사백만 명이 넘는 과부가 있는데 그 대부분이 2천 년 전에 쓰인 마누법전의 가르침에 따라 지금도 사회, 경제, 문화적인 결핍 속에서 삶을 이어가고 있다고 전한다. 종교라는 명목으로 돈을 아끼려던 남자들과 브라만 계급들은 그 여자들이 자신들과 잠자리를 하면 영광이라고 생각한다.

이 영화의 원제목은 'WATER' 이다. 〈한밤의 아이들〉을 만든 여자 감독인 디파 메타는 인도 출생으로 영화를 통해 인도의 무지와 광기를 깨우치려 하지만 쉽지 않았다. 힌두교 근본주의자들은 영화 세트장을 불태우고 디파 메타에게 살해 협박을 했다. 미국의 영화감독이었던 조지 루카스는 이 영화의 제작을 돕기 위한 광고를 버라이어티지에 실었으며 결국 이 영화는 다른 제목으로 가장하여 5년 뒤에 스리랑카에서 완성되었다.

상복으로서의 흰색을 경험하지 못한 사람들은 순수하고 무한한 가능성으로서의 흰색을 좋아한다. 그들에게 흰색은 칸딘스키의 말처럼 가능성으로 차 있는 침묵이고, 사람들은 그 가능성을 열어 침묵에 말을 덧입히려 한다. 마치 아쉬람에 있는 여자들에게도 일 년에 한 번 색채의 축제로 유명한 홀리 축제에는 색을 접할 기회가 주어지는 것처럼. 그날은 아쉬람의 여자들도 다양한 색의 가루나 물감을 서로의 몸이나 얼굴에 문지른다. 그러나 아쉬람의 여자들에게 색은 환영이다. 흰옷에 감추어진 사회의 차별이나 억압을 숨기고 가능성을 품게 하는 환영, 그녀들은 그 하루의 색에 현혹되고 그 색을 즐길 수 있음을 큰 특혜처럼 받아들인다.

가능성이 닫혀버린 침묵의 흰옷에 덧칠해지는 색이 얼마나 참혹한지 이 영화를 보면 알 수 있다. 인도 사회는 여덟 살 그 어린아이도 과부라고 잔인하게 아쉬람에 유폐시켰다. 우리 사회에는 그런 악습의 시선이 없는가. 관습이란 이름으로 여자를 억압한 적은 없는가. 나는 그 억압과 차별이 여전히 현재 진행행이라고 믿고 있다. 보이지 않는 흰옷을 입힌 채.

내가 어릴 적에 보았던 탈상 기간이 끝나도 흰옷을 벗지 못하던 그 여자들은 스스로 그러했을까, 아니면 주변의 시선이 무서워 그러했을까. 아마도 둘 다일 것이다. 탈상 날이 되었다고 흰옷을 벗는 남자들처럼 함께 흰옷을 벗어버리면 우리 사회는 어떤 시선으로 그 여자를 보았을까 상상해 본다. 21세기를 사는 나도 여전히 그런 시선으로부터 자유롭지 못하다. 그 시선은 스스로 덧씌운 것일 수도 있고, 덧씌워진 것일 수도 있다. 나도 의식하지 못한 채로.

사랑과 화해의 공간, 벽

- 연극 〈벽 속의 요정〉

오늘 저녁 이 좁다란 방의 흰 바람벽에

어쩐지 쓸쓸한 것만이 오고 간다

이 흰 바람벽에

희미한 십오촉 전등이 지치운 불빛을 내어던지고

때글은 다 낡은 무명샤쯔가 어두운 그림자를 쉬이고

그리고 또 달디단 따끈한 감주나 한 잔 먹고 싶다고 생각하는

내 가지가지 외로운 생각이 헤매인다

- 백석의 〈흰 바람벽이 있어〉 중에서

연극 〈벽 속의 요정〉에서 벽은 단단하며 닫혀 있고
시간은 멈추어 있다. 외부에서의 시간은 늘 같은 방식

으로 흐르고, 누구에게나 드나듦이 자유로운 집이지만 '벽 속의 요정'에게 집으로의 드나듦은 억압되어 있다.

무엇보다 벽이 신비롭게 다가오는 것은 '벽장'이라는 공간 때문이다. 어릴 적 내가 살았던 집에는 옷장으로도 쓰고 창고로도 쓰는 작은 벽장이 있었는데 숨바꼭질을 할 때는 요긴한 은신처였다. 당연히 벽장 안에 숨어 있을 거라고 생각해서 벽장문을 열어보지만 그 안에 숨은 사람을 찾기는 쉽지 않다. 벽장은 생각 외로 넓어서 작은 아이 하나는 거뜬히 숨겨 줄 수 있기 때문에 술래는 자신의 믿음을 버려둔 채로 다른 곳으로 가는 것이다. 술래가 오기를 기다리는 동안 간혹 잠이 드는 경우도 있는데 그러다가 깊은 잠이 들어버리면 아이를 찾아 집안에서는 한바탕 북새통이 벌어지기도 했다.

주전부리를 숨겨 놓거나 숨바꼭질을 할 때 숨었던 벽장보다 훨씬 좁은 공간인 벽 속에 스페인 내전에서 혁명을 꿈꾸다가 이념의 희생양이 된 '그'는 도망치듯 숨는다. 그 벽은 벽장도 아니고 단지 집을 지을 때 어설프게 지은 탓으로 우연히 생긴 벽 모서리의 공간이다. 한 사람이 웅크리고 앉으면 꽉 차는 벽 속에 숨은 그는 그 속에서 무려 40년이란 시간을 보낸다. 갇힌 벽 속에서 그는 여전히 혁명을 꿈꾸면서도 자신의 아이에게는 요정이 되어 '스텐카 라친의 노래'를 들려준다. 철없는 아이가 밖에서 벽 속에 숨은 자신의 존재에 대해 말할까 봐 아이에게는 모습을 드러내지 않고 '스텐카'라고 불리는 벽 속의 요정이라는 존재로 살아간다. 벽 속에서 아이에게 노래도 들려주고 이야기도 들려주는 요정으로 살아가던 그가 그 벽을 벗어나는 데는 무려 40년이라는 긴 시간이 걸렸으니 벽 속은 40년간 그가 몸담은 세계의 전부였다.

이곳과 저곳을 나누는 경계 역할을 하는 벽 속에서 그는 여전히 경계를 지우지 못하는 마을 사람들 때문에 분노하고 절망한다. 정부는 여전히 그를 찾아다녔고 마을 사람들은 도망쳤다고 생각한 그가 돌아올까 봐 감시의 눈으로 그가 사는 집을 살폈다.

일본인 작가인 후시다 요시우키가 쓴 원작을 배경으로 극작가 배삼식이 각색한 이 연극은 당초 요시우키가 번안을 거절했으나 막상 이 연극을 보고는 또 다른 예술작품이 만들어졌다고 찬탄한 것으로 알려져 있다.

탄탄한 원작을 바탕으로 배우 김성녀가 1인 32역을 하는 모노드라마로 만들어진 이 연극은 우리나라의 연극상을 거의 휩쓸 정도로 예술성을 인정받았던 명작이다.

내전을 겪은 스페인의 어두운 역사는 우리의 역사에 그대로 대입된다. 우리는 육이오라는 내전을 겪으면서 수많은 사람들이 이념에 따라 북으로 가기도 하고, 남으로 오기도 했으며 그보다 더 많은 사람들이 이념의 희생양이 되었다. 스페인 내전을 배경으로 한 후시다 요시우키의 작품은 그러므로 우리의 역사에 대입시켜도 전혀 이상하지 않다.

이념의 희생자가 되어 벽 속에 갇혀 사는 그에게도 아이가 생기고 그 아이는 자란다. 그러나 먹고 살아야 하는 아내는 행상을 하느라 늘 집을 비우고 그는 벽 속에서 목소리로만 아이에게 노래도 들려주고 이야기도 들려주는 벽 속의 요정 스텐카가 된다. 아이가 어느 정도 자라 철이 들면서 그는 모습을 드러내고 아이는 벽 속의 요정 스텐카가 자신의 아버지임을 알게 된다. 어느 날 그는 자신에게 선물을 주고 싶어 하는 아이에게 햇빛을 달라고 한다. 어떻게 햇빛을 줄 수 있냐는 아이의 물음에 햇빛이 담긴 나뭇잎, 햇빛이 스쳐간 풀이 바로 햇빛이라고 알려 준다. 그날부터 아이는 햇살이 쨍쨍한 날의 나뭇잎과 꽃을 그에게 가져다주고, 그 나뭇잎과 꽃은 그가 죽던 날 관 속에 함께 묻힌다. 벽 속에 갇혀 있던 그에게 가장 그리운 것은 햇빛이었다. 가장 사랑하는 아이가 선물해 준 가장 그리워하던 것을 평생 보관해 왔던 그는 죽어서도 그 햇빛과 함께 묻힌다.

그가 40년을 살았던 벽 속에는 많은 쓸쓸함과 회한과 분노가 오갔으리라. 그는 늘 벽에 몸을 기대고 웅크리고 앉아 몹쓸 세상을 원망하고 분노하면서 좌절의 시간을 보냈을 것이다. 자신의 존재를 붙들어 두어야 한다는 갈망과 한편으로는 사라지고 싶어 하는 절망이 교차하면서 벽 속의 좁은 공간은 순간순간 뒤죽박죽이 되어 깊은 심연 속으로 곤두박질쳤을 것이다.

2005년에 처음 봤던 이 연극은 이념적인 성향이 강했고, 그러므로 강렬했다. 그러나 15년이라는 세월을 거슬러오는 동안 이념은 사랑으로 많이 대치되었고, 그리하여 부드러워졌다. 이념이 더 이상 우리에게 유효하지 않다는 상징이기도 할까. 사랑으로 대치된 연극은 자주 가슴을 울렸고, 특히나 햇빛을 달라는 아버지의 요청에 나뭇잎을 모으고 꽃을 따는 아이의 행동은 심금을 울렸다. 역시 사랑은 시간이나 공간에 구애되지 않고 사람을 울리는 만국공통어인 모양이다.

건물이 있으면 당연히 있어야 한다고 생각했던 벽이 요새는 더러 없는 경우도 있다. 그러나 벽은 늘 우리가 기대앉았던 안식처였고, 우리의 쓸쓸함을 달래주는 사물이었다. 현대에 들어 예술가들은 이 벽을 통해 이해와 용서를 구하는 예술작품을 만들고, 또한 자신의 앞에 가로놓인 벽을 통해 자신과 대면하기도 한다. 벽은 눈앞의 컵이나 얇은 책처럼 존재를 전혀 드러내지도 않지만 때로는 그 무엇보다 크고 거칠게 자신을 드러낸다. 그게 벽이다. 내 앞에 서 있는 벽, 나를 가로막는 벽, 내가 기대고 앉은 벽, 안으로 들어오면 비로소 마음이 놓이는 벽, 벽이란 그런 것이다.

연극 〈벽 속의 요정〉에서 벽 속에 숨은 그에게도 벽은 자신 앞에 굳게 버티고 선, 자신을 가로막는, 은폐하는, 기대로 쳐다보는, 숨는, 분노하는, 받아들이는, 요정이 되어 노래와 이야기를 들려주는, 그러면서도 밤이면 문을 열고 나올 수 있는 그런 벽이었을 것이다. 벽은 공간과 공간을 가로지르는 경계이기도 하지만 그 자체 공간을 가지고 있기도 했으니 벽은 신비롭다 못해 은밀하기도 하다.

> 오늘 저녁 이 좁다란 방의 힌 바람벽에
> 어쩐지 쓸쓸한 것만이 오고 간다

이렇듯 벽은 시인 백석이 등을 기대고 앉아 쓸쓸함에 몸을 떨거나 지친 몸을 기댈 수 있는 소박한 안식처이기도 하지만, 벽을 통해 경계를 허물어뜨리고 화해를 시도하거나 건물에 당연히 있어야 하는 벽에 기상천외한 마르셀 에메의 『벽으로 드나드는 남자』가 살 수도 있는 것이다.

'벽'이라는 대상을 떠올리면 가지가지 상념이 꼬리에 꼬리를 문다. 최근에 행사장에 가서 피곤을 달래느라 구석진 곳에서 기대고 앉았던 벽, 지치고 졸린 눈을 게슴츠레하게 뜬 채 흐릿하게 깜빡이는 오래된 형광등을 올려보며 기대앉았던 그날의 벽부터 시인 백석의 시에 등장하는 외롭고 높고 쓸쓸한 '흰 바람벽'을 거쳐, 몽마르트 거리에 있는 〈벽을 드나드는 남자〉 조형물까지 수많은 벽들이 떠오른다. 건물을 떠올리면 너무나 당연히 거기 있어야 하고, 너무나 당연해서 오히려 주목의 대상이 되지 못하는 벽은 의외로 많은 예술 작품의 소재로 활용되고 있다. 세상에 존재하는 모든 사물들은 당연히 존재해야 하는 나름의 이유를 가지고 있을 것이고, 대부분의 사물들이 그러하듯 평소에는 그저 그 자리에서 별로 주목을 받지 못한 채 있을 뿐이다. 그러나 예술가란 특별하지 않은 것에서 특별한 것을 보는 종족인지라 당연히 '거기' 있어야 하는 벽을 통해 또 다른 세상을 보고자 한다.

벽은 이쪽과 저쪽을 가르는 경계선 역할을 한다. 고정되어 있는 벽이나 가변적인 벽이나 모두 이쪽과 저쪽을 나누어야 할 필요가 있을 때 존재하며, 그리하여 우리는 종종 실제의 벽이 아니라 사람과 사람 사이에 마음의 벽을 치기도 한다. 너와 나 사이에 경계선을 그어 버리는 것이다. 그러므로 벽은 경계 역할에 충실하며, 벽을 넘는다는 것은 또 하나의 경계를 무너뜨림과 다름없다.

벽이라면 가장 먼저 떠오르는 것이 1961년에 설치되었다가 소련의 공산주의 체제가 붕괴되고 독일 통일이 추진되면서 철거된 베를린 장벽이다. 40여 km에 이르렀던 이 장벽은 동독과 서독을 가로질렀던 경계의 장벽으로써 많은 사람들이 이 벽을 넘다가 희생되었다. 독일 통일이 발표되던 날 장벽이 무너지던 모습을 뉴스로 지켜보면서 우리는 한반도의 통일에 대한 기대로 얼마나 설렜던가. 장벽이 무너지던 날 많은 동독 사람들이 이 벽을 넘다가 사람들의 무게를 견디지 못하여 벽의 어느 한 부분이 무너지던 그 장면은 잊을 수가 없다. 많은 청년들이 벽 위에 올라가 독일 국기를 흔들며 통일된 독일을 축하했던 그 장엄한 풍경이 우리에게도 펼쳐질까. 이제는 브란덴부르크 문을 중심으로 일부가 역사적 기념물로 남아있는 베를린 장벽은 아직도 사람들 사이의 경계를 보여주는 데 부족함이 없다.

경계의 벽뿐만 아니라 화해의 벽도 있다. 리처드 세라는 제이콥 재비츠 미연방 빌딩 앞의 광장을 가로지르는 길이 36미터, 높이 3.6미터의 거대한 벽을 설치했다. 그 유명한 〈기울어진 호〉이다. 세라는 이 벽을 중심으로 걷다보면 자신을 발견하게 될 것이라고 말했다. 무의식적으로 늘 드나들던 광장에서 그 벽에 부딪히는 순간 벽을 통해 자신의 움직임을 깨닫게 되고 결국 자신의 발견으로 이어질 것이라고 생각했지만, 그

벽이 주는 불편함 때문에 시민들의 항의가 빗발쳤고 결국 철거되는 비운의 작품이 되었다.

세라의 벽은 걸으면서 마주 보이는 벽을 통해 자신의 움직임을 주시하고, 비로소 자신을 발견함으로써 자신과의 화해를 시도하고자 했는지도 모른다. 불편하다는 것은 그 대상이 나를 가로막고 있다는 것을 느낀다는 것이다. 무연하게 스쳐 지나가던 공간에서 나를 맞닥뜨리는 경험은 흔치 않다. 〈기울어진 호〉는 광장에서 자신과 맞닥뜨리고 자신을 직시하라는 말과 다름없다.

〈유럽의 학살당한 유대인들을 위한 기념비〉도 화해의 벽으로는 기념비적인 작품이다. 미국의 건축가 피터 아이젠먼과 리처드 세라가 공동 설계한 이 안은 작품이 진행되는 동안 세라가 떠나게 되었지만 거대한 블록이 세워진 좁은 공간 사이를 걸어보면 유대인들이 느꼈던 불안과 압박이 그대로 전해져 온다. 아이젠먼과 세라는 이 기념비를 통해 유대인들의 불안과 공포를 그대로 느껴보면서 그들의 아픔과 상처를 보듬고자 했다. 크기가 다른 2711개의 블록으로 형성된 거대한 기념비는 가장 높은 것이 4미터 70센티에 이를 정도인데, 이 회색 콘크리트 벽 사이를 걸으면 무엇이 나타날지 알 수 없는 불안과 공포가 그대로 전해진다. 유대인들이 당시에 느꼈을 불안과 공포이다.

요즘 들어 벽은 많이 투명해지고 열렸다. 벽돌이나 흙으로 단단하게 쌓아올렸던 벽은 투명한 유리창으로 바뀌었고, 공간분할을 자유롭게 하는 가변적인 벽도 많이 생겼다. 벽은 닫히고 가로막던 막막한 사물에서 열리고 변화하는 대상으로 바뀌어가고 있다. 그러나 우리가 마음으로 치는 장벽은 여전히 견고하다. 허물어진 집에 앙상하게 남은 벽의 파편을 보면 그곳에 등을 기대고 살았을 사람들과 그들의 시간이 중첩되면서 벽이 세워졌던 그 공간에 어떤 사연들이 새겨졌을지 궁금하다.

역사기념관으로 보존하고 있는 대구 중부경찰서 유치장의 벽에 새겨진 글을 본 적이 있다. '밖에 나가고 싶다', '억울하다', '다시는 오지 않을 것이다' 등등 벽에 날카로운 것으로 새겨진 글씨가 벽의 존재를 여실히 보여 주고 있었다. 벽은 벽이다. 문득 벽 속의 요정 스텐카는 벽에 어떤 글씨를 남겼을지 궁금해진다.

운명을 예언하는, 하모니카
- 영화 〈마농의 샘〉

신은 우리들의 희망에 따라 사물들을 만들지 않았다.

- 피에르 코르네유의 「폼페이우스의 죽음」에서

우리는 하모니카라는 사물에 묘한 동경심을 가지고 있었다. 지난 시대는 가난하여 기타나 피아노나 첼로나 바이올린을 소유하지는 못해도 피리나 하모니카 정도는 마음만 먹으면 가질 수 있었다. 그러나 그것을 온전히 가지기 위해서는 오랜 시간을 들여 소리를 내고 그것이 음악이 되는 과정을 거쳐야 하는데, 그런 시간과 노력을 기꺼이 투자할 수 있는 사람만이 마침내 하모니카를 가지게 되는 것이다. 나도 물론 그래서 하모니카를 하나 가졌다. 먼저 삐삐 하는 소리를 내어야 했고, 그 다음은 도레미파 음계를 구분해서 불어야 했고, 산토끼 토끼야 정도의 노래는 불 수 있어야 했다. 그것으로 그만이었다. 그 간단한 동요 하나의 음을 만들어내는 데도 끈질긴 인내와 음악에 대한 애정과 그 다음의 노래를 위한 불굴의 투지를 가져야만 했기 때문이다. 그래서 그 다음 수순으로 하모니카는 서랍 속에 갇히게 되었고, 서랍 안에서 이리저리 굴러다니다가 나중에는 누가 가져갔는지 흔적조차 찾기 어려워졌던 것이다. 아마도 많은 사람들이 나처럼 하모니카를 가졌을 것이고 지금은 그것이 어디에 있는지 찾아내기 어려울 것이다.

사물은 그러한 것이다. 사람은 여러 가지 이유로 수많은 사물을 만들어 자신의 곁에 두고 유용하게 사용해왔다. 생명이 없는 사물이 사람의 손을 거치는 동안 음악을 만들어내고 동식물을 키우고 자연을 다듬기도 했다. 처음 돌로 연장을 만들어 인간의 한계를 넘어서기 시작한 이후 사물은 늘 그렇게 사람에게 봉사해 왔다. 그러므로 사물에게 말을 걸어보고 사물과 함께 살아보고 사물을 넌지시 바라보는 일은 사람이 사물에게 봉사하는 일이다.

영화 〈마농의 샘〉에서 하모니카는 에로스적인 역할을 한다. 에로스적이라고 해서 흔히 알고 있듯이 성 본능은 아니다. 성적인 쾌락을 말하는 것은 더더욱 아니다. 그것은 영화의 흐름을 조절하고 긴장감을 부여하고 앞으로 닥쳐올 운명을 가혹하게 예고하는 힘 같은 것이다. 사람은 에로스적인 힘이 없으면 활력을 찾기 어려우며 느슨하게 풀어진 나날을 겨우 이어갈 뿐이다. 영화에서도 마찬가지이다. 하모니카는 극적 전개가 바뀌거나 가혹한 운명이 닥쳐올 장면 앞에서 베르디의 오페라 〈운명의 힘〉 서곡의 음률을 불러낸다. 원래 이 음악은 플루트와 오보에의 아름답고 처연한 음으로 인간의 운명을 묘사하는데, 이 영화에서는 하모니카가 대신한다.

이 영화는 한 가족의 뒤엉킨 혈연관계로 인한 참담하고 가혹한 운명을 그린 영화이지만 나는 오히려 그런 식상한 시나리오보다는 베르디의 오페라 〈운명의 힘〉을 사용한 OST가 영화와 기가 막히게 어울렸던 것으로 기억한다. 그리고 〈운명의 힘〉이라는 OST의 제목처럼 한 마을 사람들이 여과 없이 보여주는 죄와 벌의 이야기들이 더 두드러지는 영화였고 그 배경에는 늘 하모니카의 선율이 있었다.

하모니카는 손 안에 알맞게 들어가는 크기로 인해서 들고 다니거나 주머니에 넣고 다녀도 좋은 악기이므로 영화에서 꼽추 '장'이 프랑스 프로방스의 아름다운 시골집에서 불거나, '마농'이 양 떼를 몰고 다니는 언덕에서 불기에 좋은 악기이다. 그 소박하고 작은 악기는 도시생활을 청산하고 시골생활을 선택한 장이 오페라 가수인 아내와 낡은 시골집의 창가에서 아내의 노래에 맞추어 불기에도 전혀 어색함이 없다. 그러므로 소박하지만 험난한 운명이 예고되는 시골에서 하모니카는 자주 그들에게 운명의 선지자처럼 등장하는 것이다.

도시의 세무서에서 일하던 장은 시골의 땅을 상속받으면서 아내와 딸을 데리고 시골로 살러 들어간다. 세간살이를 산 위의 낡은 집으로 옮긴 장은 앞으로의 시골 생활에 대한 기대로 창가에 서서 〈운명의 힘〉을 하모니카로 불고 오페라 가수였던 아내는 그 옆에서 노래를 부른다. 평화롭고 아름다운 풍경이다. 장은 앞으로 자기에게 다가올 생에 대한 희망으로 〈운명의 힘〉을 노래하지만 이미 그 선율은 장에게 닥칠 비극적인 운명의 힘을 예고한다.

기름지고 풍요로운 장의 땅을 탐내던 이웃 갈리네뜨와 위골랭이 그 땅의 샘을 시멘트로 막아버리는 데서 비극이 시작된다. 오랫동안 비가 오지 않자 이웃인 갈리네뜨의 샘물을 얻어 쓰기 위해 장은 갈리네뜨의 집 앞에서 하모니카를 분다. 음악 소리를 들은 갈리네뜨가 나와서 자기의 샘물을 쓰도록 도와주지만 이것은 장의 멸망을 유도하는 작은 호의에 불과하다. 악마가 장에게 입을 맞춘 것이다.

물을 길어 먹던 샘물이 말라 버리고 더 이상 갈리네뜨의 샘물도 얻어 쓰지 못한 채 비만 기다리던 어느 날, 한밤중에 요란한 천둥소리에 밖으로 뛰어 나오니 폭풍우는 집 앞의 높은 산을 넘지 못해 장이 사는 마을까지 다가오지 못한다. "난 꼽추요, 사는 게 쉽지 않다고요."라고 장은 하늘에 대고 소리치지만 폭풍우는 그렇게 지나버리고, 오랜 여름 가뭄에 장은 물을 구하려고 우물을 파다가 다이너마이트가 폭발하면서 날아든 돌에 맞아 죽어 버린다. 그러나 장의 딸 마농은 마을을 떠나지 않고 산 위의 염소치기 집에서 지낸다. 장의 장례식을 치르던 날 마농은 자기 어머니에게서 그 땅을 산 갈리네뜨와 위골랭이 샘을 막은 시멘트를 걷어내고 자기 아버지를 그토록 괴롭히다가 죽음으로 몰고 갔던 물을 흐르게 한 것을 보았기 때문이다.

이 영화는 2부작인데 1부는 1986년에 제작되었고 2부는 1년 후인 1987년에 제작되었다. "마르셀과 재클린 파뇰에게 바침"이라고 영화의 서두에 쓰여 있는데, 프랑스 영화 100년의 자존심을 지켰다고 평가되는 이 영화의 감독 클로드 베리가 원작자인 마르셀 파뇰과 아내인 재클린 파뇰에게 헌정하는 영화인 셈이다. 불세출의 배우인 이브 몽땅을 비롯하여 세자르 남우주연상을 받은 다니엘 오떼유, 제라르 드 빠르디유와 그의 실제 부인 엘리자베스 드 빠르디유, 그리고 주인공 마농 역의 엠마누엘 베아르까지 프랑스의 대표 배우들이 모두 출연하여 화제를 모으기도 했다. 실제로 완성도가 뛰어난 이 영화는 전미 영화 비평가협회 작품상 및 시네마 아카데미 그랑프리를 수상했다.

영화의 2부는 장을 죽음으로 몰고 갔던 샘에서 연결된 수도 파이프와 수로로 둘러싸여 아름답게 잘 자라는 붉은 카네이션 밭을 보여주는 것으로 시작한다. 카네이션은 갈리네뜨가 군대에서 제대하면서 가져와 자기에게 부를 안겨줄 것이라고 믿고 시작한 농사인데 실제로 갈리네뜨는 이 카네이션으로 부자가 된다. 영화는 붉은 카네이션이 자라는 마농의 옛집을 보여주면서 〈운명의 힘〉 선율의 흐름 속에서 시작된다. 카네이션은 운명의 힘과 뒤섞이면서 꽃이 아니라 위골랭이 그토록 지키고 싶어 하는 세자르 가문의 붉은 피를 예고한다.

자기 아버지를 죽게 한 샘물로 카네이션이 아름답게 자라는 옛집이 보이는 언덕 위에서 마농은 아름다운 양치기 소녀로 자랐다. 어느 날 계곡에서 목욕을 하고 난 마농은 벌거벗은 몸으로 하모니카를 불면서 춤을 춘다. 자기를 딸처럼 돌봐주는 양치기 아내의 헌신으로 어릴 적의 상처를 극복하고 아름다운 처녀로 자란 마농이 하모니카로 부는 음악은 밝고 흥겹다. 그러나 비극은 아직 끝나지 않았는지 아니면 죄를 지은 사람에 대한 신의 처벌이 이제야 시작되려는지, 우연히 그런 마농을 본 갈리네뜨는 사랑에 빠지고 마농에게 구애를 하지만 마농은 당연히 그를 거절한다. 그리고는 어느 밤에 마농은 갈리네뜨가 사는 자기의 옛집에 불을 지르지만 마침 몰려 온 폭우로 그 복수극은 실패로 끝나고, 쏟아지는 폭우 속에서 불타지 않는 옛집을 바라보며 마농은 하모니카를 분다. 물론 〈운명의 힘〉이다.

드디어 아름다운 얼굴로 표정 없이 양치기를 하던 마농의 복수가 시작된 것이다. 언덕 위로 사냥을 온 마을 사람들의 대화를 우연히 듣게 된 마농은 갈리네뜨와 위골랭이 자기 가족의 땅을 싸게 사기 위해 샘물을 시멘트로 막아 버렸다는 것을 알게 된다. 또한 마을 사람들이 그것을 알면서도 단지 자기 아버지가 마을 사람들이 싫어하는 마을 출신이라는 이유로 아무도 자기 아버지에게 그 샘물에 대해 말해 주지 않았고, 그로 인해 자기 아버지가 죽음에까지 이르게 되었다는 것을 알게 된 마농은 마을 사람 전체에 대한 복수를 시작한다. 우연히 마을로 흐르는 수원지를 발견한 마농이 그 수원지를 시멘트로 막아 버린 것이다. 졸지에 마을에 물이 사라지자 마을 사람들은 그제야 죄를 지은 사람에 대한 단죄에 들어가고, 구애를 거절당한 갈리네뜨는 절망하여 자살하고 만다.

원래 우리의 삶은 우연의 연속이긴 하지만 이 우연이 운명과 조우할 때 비극은 깊어진다. 우연히 장이 자기의 아들이라는 것을 알게 된 위골랭은 죄책감으로 모든 재산을 마농에게 상속한다는 유언장을 남기고 죽는다. 역시 위골랭의 죽음 위로 플루트와 오보에의 처연한 〈운명의 힘〉이 흐르고.

이 영화는 우리의 오래된 서랍 속에서 먼지를 뒤집어쓰고 상실감에 상처받으며 누워 있을 하모니카가 끌고 간다고 해도 과언이 아니다. 하모니카는 장의 손을 거쳐 마농에게 이어지고, 양치기를 하는 마농은 늘 하모니카를 들고 다닌다. 마농이 그 마을을 떠나지 못했던 것은 장 때문이었을 것이니 장의 하모니카는 너무나 당연하게 마농에게 이어져 가혹하지만 어쩔 수 없는 운명을 끌고 갔을 것이다.

사물이 걸어오는 말은 때로 사람의 말보다 더 강렬하다. 사람의 말은 정해진 수순대로 감정의 기복을 크게 드러낼 수 없지만 사물은 말의 영역을 넘어선다. 특히 하모니카는 이 지구상에서 수를 헤아리기 어려운 많은 악기들 중에서 등급을 매길 수 없는 소박한 악기이다. 오페라의 웅장한 무대에 설 수도 없고, 작은 실내악 무대에도 설 수 없다. 고작해야 동네 사람들의 흥을 돋우어 주기 위해서 서툴게 불어대는 사람에게 의존해서 생명을 이어가거나, 사람들의 주머니 속이나 서랍 속에 묻혀 있다가 어느 날 하모니카나 한번 불어보려는 마음에 꺼내들고 삐삐 불어보다가 그마저도 식상해서 다시 서랍 속에 넣어버리는 그런 악기인 것이다. 사람들의 관심을 끌기 좋아하는 몇몇은 그것을 수시로 주머니에 넣고 다니다가 사람들이 많이 모이는 자리에서 불어대며 관심을 유도하기도 하지만 그뿐이다. 그러나 그것은 너무나 소박하고 익숙해서 믿음이 간다. 누군가 하모니카를 꺼내도 우리는 그냥 한번 흘낏 쳐다보고 말기도 하지만 누군가 첼로나 오보에를 꺼내면 우리는 그렇게 한번 흘낏 쳐다보고 말 수가 없다. 그러므로 하모니카는 너무 약해서 오히려 강하다.

마농이 양을 치는 언덕을 뛰어다니며 하모니카를 불면서 앞으로의 영화 전개를 예고할 때 그 하모니카는 첼로나 오보에처럼 악기 자체로는 관심을 끌지 않으면서도 하모니카가 내는 선율에 전율하며 다가올 운명에 긴장하게 되는 것이다. 폭풍우 치는 밤에 쏟아지는 비를 고스란히 맞으며 자기의 옛집을 바라보면서 부는 하모니카의 힘은 강하다. 그럴 때는 곧 그 집이 폭풍우에 날아가거나 잠든 갈리네뜨가 번개에 맞아 죽어 버려도 전혀 이상하지 않을 정도로 마농의 복수에의 갈망이 느껴지고, 앞으로 무슨 일이 일어나기는 나겠구나 하는 예감에 몸을 떨게 되는 것이다.

하모니카는 이 영화의 시작이면서 끝이다. "내가 샘에 대해서 알려줬더라면 그는 하모니카를 불면서 아직도 가족들과 함께 살아 있을 텐데."라고 했던 마을 사람은 죄에 대한 마농의 복수를 겪으면서 장의 하모니카를 떠올린다. 장이 자기의 자식이라는 것을 알아보지 못하고 죽음에 이르게 했던 위골랭은 아들의 얼굴을 한 번도 제대로 보지 못해서 아무리 떠올리려고 해도 떠오르지 않는 아들 장을 그리워하며 "오직 굽은 등과 내가 그에게 준 고통만 보였다."고 속죄한다.

로제 폴 드루아는 "우리의 의지에 의해 직접적으로 영향을 받지 않는 실재들을 사물들이라고 부른다."고 했다. 칸트 역시도 "나의 사유는 사물들에게 그 어떤 필연성도 강요하지 못한다."라고 했다. 그러나 이 영화에서 하모니카는 이런 모든 말들을 넘어선다. 하모니카는 마농의 의지에 직접적으로 영향을 받았으며 마을 사람들도 하모니카 소리를 들으면서 장 가족의 의지를 들었다. 또한 마농은 하모니카에게 복수의 의지를 강요한 셈이다. 사물들은 스스로 의지를 가지지 못하지만 그것을 소유하거나 향유하는 사람들로 인해 의지를 전달받는다. 우리는 사물을 통해 사람의 의지를 전달하고 상상한다. 마농은 복수의 의지를 다질 때마다 하모니카를 불었으며 그럼으로써 삶의 필연성을 부과했다. 사물이란 그런 것이다. 사물이 사람의 곁에 있는 동안 그들은 사람에 의해 영향을 받고 그 영향은 타인에게 전달되며 그럼으로써 필연성을 가진다.

자식을 죽게 한 위골랭은 속죄와 고통에 비참해하면서 장의 굽은 등과 자신이 장에게 준 고통만 보았던 것이 아니라 아마도 장이 고통에 몸부림치며 부는 하모니카 소리도 들었으리라. 그래서 죽음의 시간에 그는 장의 하모니카 소리를 들으며 진정한 속죄의 길로 들어섰으리라.

이 풍진 세상에 아름다움 하나 있으니, 매화

- 영화 〈리큐에게 물어라〉

"내가 머리를 숙이는 것은 오직 아름다움 앞에서뿐입니다." 리큐는 자신에게 복종을 요구하는 도요토미 히데요시에게 이렇게 말한다. 그런 그에게 돌아온 것은 죽음이니 도요토미는 그에게 칼을 내리고 폭우가 내리는 날, 밖에는 3천의 군사가 그의 죽음을 기다리고 있는 집에서 그는 가슴에 칼을 꽂는다. 흰옷으로 낙화하는 붉은 매화 꽃잎처럼 낭자하게 퍼져가던 피는 그가 추구했던 궁극의 아름다움이었을까. 흰옷에 스며들듯이 붉게 퍼져가는 피를 보며 그가 찻잔에 띄우던 매화를 떠올렸다.

오다 노부나가의 사람이었던 리큐는 속임수를 써서 오다를 살해하고 최고 권좌에 오른 도요토미에게는 복종을 하지 않는다. 그가 복종을 하지 못했던 이유는 도요토미의 속임수와 배신을 일삼는 인간성에도 있었지만, 더 궁극적으로는 오다는 미美를 알고 미美에 대해서 그에 걸맞은 존중을 해 준 사람이었지만 도요토미는 미美에 대한 존중이 없었기 때문이었다.

이 영화는 일본의 다성이라 불리는 센노 리큐(1522~1591)라는 실존인물을 통해 일본의 다도, 특히 다도에서 구현하고자 하는 궁극의 아름다움에 대해서 보여준다. 차로 궁극의 미를 얻고자 했던 리큐에게 미, 즉 아름다움이란 무엇이었을까. 오다 노부나가는 찻잔 위로 달과 댓잎 그림자를 띄워내던 그에게 아름다움의 대가로 많은 하사금을 내린다. 일본에서 차는 물처럼 흔한 사물이지만 그는 차를 통해 궁극의 美를 구현해 내고자 한다.

리큐는 말한다. "사람을 죽이면서까지 손에 넣고 싶은 아름다움이 있습니다." 그런데 그의 차는 사람을 죽이기도 한다. 그를 둘러싼 사람들에게 차는 차 이상의 의미, 즉 권력을 상징하기 때문이다. 그리고 그에게 차는 아름다움을 구현하는 하나의 사물이다. 그러나 차로 아름다움이 완성되는 것은 아니다. 리큐는 차에 달과 댓잎의 그림자를 띄우고 오다와 함께 자신의 다실을 찾아온 손님에게 매화를 띄운 차를 대접한다. 일본을 정복하기 위해 찾아든 서양인들에게 고개를 숙이지 않을 수 없었던 오다는 일본의 아름다움을 통해 자신의 자존심을 세우기 위해 리큐의 다실을 찾는다. 리큐는 찻물을 우려내고 들창문을 열어 봄바람에 휘날리는 매화 꽃잎을 담아낸다. 매화는 저절로 그의 찻잔 안으로 찾아 든 것이다. 서양인들은 가질 수 없는 일본의 아름다움을 리큐는 차로 구현해 내면서 일본을 무시하던 서양인들에게 일본의 감추어진 아름다움의 진수를 보여준다.

"바람과 햇빛에/ 끊임없이 출렁이는/ 나뭇잎의 물살을 보라"(박재삼 시 「나무」의 일부)에서 아름다움은 나뭇잎에 있지 않다. 바람과 햇빛의 출렁임으로 만들어지는 나뭇잎의 물살에 나무의 아름다움이 있다. 리큐의 차에도 그 자체에 아름다움이 있는 것이 아니라 차에 내려앉은 매화와 달그림자에 궁극의 아름다움이 있다.

그럼 다른 질문이 생긴다. 아름다움이란 무엇인가, 더군다나 궁극의 아름다움이란 무엇을 말함인가. 영화를 보면서 소설 『금각사』를 떠올렸다. 이 영화와 『금각사』는 궁극의 미를 추구한다는 점에서 묘하게 닮았다. 『금각사』에서 학승은 금각사의 아름다움을 찾아드는 사람들을 보며 궁극의 미를 자신이 단독으로 소유하지 못함에 절망하다가 결국 금각사에 불을 지른다. 금각사는 죽으면서 금각사가 가진 궁극의 아름다움은 살아났다. 학승이 금각사를 소유하지 못할 바엔 차라리 불을 질러 없애 버리는 것이나, 리큐가 잡혀 온 조선 여인을 소유하지 못하자 자살하게 만들었던 것은 극단에서 닮았다. 리큐는 조선 여인이 남긴 녹유 향합을 평생 가슴에 품고 다니며 자신이 추구했던 궁극의 미를 탐닉한다. 차가 죽음을 부르고, 사람들은 사람을 죽이면서까지 손에 넣고 싶은 아름다움이 있기 때문에 세상의 모든 것을 가진 천황조차도 흔하디흔한 차에 빠져 버린다는 것을 리큐는 안다.

사람을 죽이면서까지 손에 넣고 싶은 아름다움이란 무엇일까. 도요토미는 그에게 묻는다. 그 아름다움에 가치가 있다고 누가 결정할 수 있는가? 그 가치는 자신이 결정하는 것이라고 리큐는 말한다. 이것은 미에 대한 리큐의 관점이 지극히 주관적임을 말하나 동시에 천황조차도 인정했던 보편적인 미가 있음을 의미한다.

리큐가 죽음을 통해서 손에 넣고 싶었던 것은 조선 여인의 아름다움이며, 차를 통해 조선 여인에게서 느꼈던 그 아름다움을 구현해 내고자 하는 것이다. 이미 사라져 버린 조선 여인의 아름다움은 그 자체로 구현되지 않는다. 그는 그 아름다움을 조선 여인이 죽으면서 남겼던 녹유 향합과 차에 띄웠던 달과 매화 꽃잎으로 완성한다. 그는 아름다움이란 형태로 정해질 수가 없다는 것을 이미 알고 있었다. 아름다움이란 지극히 주관적인 것이지만 그는 평생 품에 품었던 향합을 통해 아름다움을 품었던 것이다. 동시에 궁극의 미를 완성하고 전설이 되면서, 조선 여인의 대용품이었던 차 역시도 그가 들창문을 열어 달그림자를 띄우고 흩날리는 매화 꽃잎을 담아냄으로써 아름다움은 완성된다.

리큐에게 궁극의 미와 닿아있던 죽음은 매화로, 학승에게는 금각사의 화재를 통해서 구현된다면 궁극의 미는 결국 죽음의 미학을 드러내는 것에 다름 아니다. 매화가 없었다면 일본을 업신여기던 서양인들이 낡고 이끼 끼고 음침한 다실에서 마시는 차에 감동하지 않았을 것이다. 리큐는 일본의 국보인 초암다실에서 서양인들에게 차를 대접하며 일본인의 미의식을 마음껏

과시했다. 초암다실은 풀로 지붕을 이은 초가다실을 의미하는데 미국인 어니스트 페놀로사는 교토의 초암다실에서 차를 마시며 초암다실의 건축미를 극찬했다는 기록이 있다. 조선 남부지방의 초가를 초암다실의 원류라고 말하기도 하는데 일본인들은 이 초가를 다실로 개조하여 독특한 건축물을 만들어 내었다.

일본에서 와비차라고 하는 초암차는 절대 무차별의 경지에 들어가는 좌망. 외부의 조건에 유혹당하지 않고 자신을 잊어 버린 채 상대와 하나가 되는 망형과 차선일여 정신을 추구하고 있다. 그러니까 리큐가 매화나 달 등 자연과 차를 하나로 만들어 내는 미학은 초암차가 추구하는 미학인 셈이다. 차는 일본의 어디에나 흔하며, 그러므로 리큐가 내는 정도의 맛을 내는 사람은 일본에 흔할 것이다. 그러나 리큐가 차에 담아내는 아름다움은 그만이 할 수 있는 일이다. 그는 죽음을 통해 궁극의 미를 추구했으나 대부분의 사람들은 향락과 휴식으로 차를 대했고 차의 아름다움에 대해서는 무심했기 때문이다.

매화는 겨울의 차가움을 견디고 이른 봄에 꽃을 밀어 올린다. 매화의 줄기를 보면 붉은 핏물을 머금고 있는데 이 줄기에서 꽃으로 붉은 아름다움이 모두 전해지면 꽃은 그제서야 꽃잎을 펼치는 것이다. 꽃 중에서 매화가 아름다운 것은 결빙의 계절을 견딘 잘 벼려진 칼 같은 서늘함 때문일 것이다. 리큐(利休)는 날카로운 날(刀)의 휴식을 의미한다. 쉬고 있는 날이다. 그러나 날이 쉬고 있다고 해서 무뎌지는 것은 아니다. 그것은 날카로운 날을 사용함에 있어서 휴식이 필요하다는 의미이니 날카로움은 여전히 유지된다. 매화의 매력은 바로 이 리큐(利休)에 있으며, 차가운 날(刀)의 휴식이 매화의 궁극의 아름다움인 것이다.

쉼이 없는 삶은 여백이 없어서 늘 숨이 막힌다. 삶에서 이 여백을 찾는다는 것은 마음의 내려놓음이며 차는 바로 마음 내려놓음에 가장 적당한 사물이다. 그렇게 마음을 내려놓은 찻잔 위로 매화 꽃잎이 날아든다면 얼마나 아름다운 내려놓음이겠는가.

우리나라의 대표적인 유학자 퇴계는 가는 곳마다 매화를 심고 연모하는 이를 쓰다듬듯이 매화를 아꼈다. 그가 남긴 『매화시첩』에는 100여 수의 매화시가 있는데 죽을 때에도 종에게 매화나무에 물을 주라는 유언을 남길 정도로 매화를 사랑했다. 그는 집에 남겨 두고 온 매화를 매선梅仙이라고 부르며 이 매선과 시로 편지를 주고 받는다. 그러나 퇴계는 리큐처럼 날〔刀〕의 아름다움을 본 것은 아닐 것이다. 퇴계는 매화를 사랑했지만 온건한 성품이었다고 전해진다.

경상좌도에는 퇴계, 우도에는 남명이라고 할 정도로 당대 우리나라 학문의 최고봉이었지만 정작 칼을 품고 다녔던 사람은 남명이었다. 그런 남명 역시도 매화를 사랑하여 그가 제자들을 가르쳤던 산천재에는 손수 심었다고 전해지는 매화가 440년의 세월을 견디며 늙어가고 있다. 그러나 서실 마당에 매화 한 그루를 심은 남명보다는 가는 곳마다 매화를 심고 매선이라 칭하며 매화와 편지까지 주고받았던 퇴계의 매화 사랑은 훨씬 더 각별했다. 매화를 어루만지며 봄을 기다렸을 퇴계가 본 매화의 아름다움이란 어떤 것일까.

홀로 뜨락을 거닐으니
달이 나를 따라오네

매화 곁을 몇 바퀴나
돌고 돌았던가

밤이 깊도록 오래 앉아

일어나기를 잊었더니

옷깃에 향기 배고

그림자는 몸을 가득 채우네

- 퇴계 이황

 퇴계에게 매화는 적소의 고적을 견디게 해 준 벗이면서 세간의 어지러움을 견딜 수 있는 외도였을 것이다. 또한 여러 벼슬을 거치며 경쟁자들로부터 심한 견제를 받았을 그에게 매화는 마음 내려놓음이며 삶의 여백이며 아름다움과의 내통이었다.

 남명과 퇴계의 공간적인 사이에서 둘 사이를 오가며 학문을 탐구했던 한강 정구는 일찍이 자신이 거처했던 성주 회연서원에 백매원을 만들어 백 그루의 매화를 심었다. 오랜 세월이 지나고 백매원의 매화는 둥치가 썩어내려 세월의 무상함을 말해주지만 그 오래 된 매화나무 등걸에도 한두 송이 매화가 핀다.

 보르헤스는 시간을 일러 현재란 규정될 수 없는 것이고 미래란 현재적 기다림이며 과거는 현재적 기억이라고 했다. 백매원의 썩은 매화나무 등걸에서 피어나는 한두 송이의 매화는 보르헤스의 말처럼 현실적 실체가 없는 과거가 아니라 매화라는 사물을 통해 현실적 실체를 드러내는 과거로 나타난다. 또한 그 매화의 후손들이 피워내는 어린 매화는 현실적 실체가 없는 현재적 기다림이 아니라 후손 매화를 통해 현실적 실체를 드러내는 현재적 기다림이다. 그러니 어찌 현재란 규정될 수 없는 것이겠는가. 과거와 미래는 수많은 현재가 중첩되면서 가지는 시간이지만 단지 어슴푸레하고 애매하게 시간이 반영된 기억과 기다림일지도 모른다.

회연서원에는 그 시간의 사이에 매화가 있는 것이다. 한강은 자신이 처한 공간적 사이를 통해 퇴계와 남명 사이에서 중간자적 입장을 취했다. 그래서 백매원을 만들어 이른 봄이 되면 환하게 매화를 피워냈는지도 모른다. 회연서원을 휘돌아 흘러가는 강물을 타고 어느 쪽이든 와서 매화를 탐하며 그 아름다움에 날카로운 칼을 쉬게 하라고.

리큐의 찻잔 위로 날아와서 아름다움을 완성해 주었던 매화와 퇴계가 각별히 사랑하여 연인을 보듬듯이 쓰다듬으며 아꼈다는 매화의 아름다움은 과연 죽음에 있었던 것일까. "소나무는 천년을 살아도 끝에는 썩고 무궁화 꽃은 하루를 피어도 스스로 영화로 여긴다." 조선 여인은 죽을 때 백거이의 시 한 편을 읊었다. 자신의 죽음을 영화롭게 여기며 그 흔적이 녹유 향합으로 이어지길 원했을 것이다.

1월 초가 되면 섬진강변의 소학정에 매화가 핀다. 겨울의 한복판에서 봄소식을 알리는 매화는 더불어 내리는 눈에 얼었다 녹았다를 반복하며 향기를 퍼트린다. 눈 속에 소복이 피어난 매화를 보면 리큐가 할복하던 그 장면이 떠오른다. 흰옷 위로 천천히 붉게 스며들던 피는 흰 눈의 차가움을 아랑곳 않고 피어나는 매화를 닮았다.

아름다움은 타협하거나 굴복하지 않는다. 타협하고 굴복하는 것은 아름다움이 아니다. 리큐가 죽음으로써 지키고자 했던 아름다움, 마음을 서늘하게 베고 지나가는 궁극의 아름다움에는 매화가 있다.

허기지고 시끄러우면서도 본질적인, 냄비

- 영화 〈가버나움〉

"가버나움아, 네가 하늘에까지 높아지겠느냐 음부에까지 낮아지리라 네게 행한 모든 권능을 소돔에서 행하였더라면 그 성이 오늘까지 있었으리라 내가 너희에게 이르노니 심판 날에 소돔 땅이 너보다 견디기 쉬우리라 하시니라"(마태복음 11:20~24)

예수는 가버나움에서 많은 환자를 치료하고 오병이어의 기적을 보여 주었으나 사람들은 회개하지 않고 하느님을 믿지 않았다. 그리하여 예수는 가버나움이 멸망할 것이라고 예언했다.

레바논의 빈민가에서 출생기록조차 없는 열두 살짜리 자인이라는 한 소년이 동네 아이로부터 빼앗은 스케이트보드 위에 커다란 냄비를 묶어놓고 그 안에 한 살짜리 요나스라는 어린아이를 태워 다닌다. 자인이 요나스를 안고 다니기에는 너무 무거워 궁여지책으로 만들어진 유모차인 셈이다. 요나스의 엄마는 불법체류 자로 구금되어 교도소에 있고, 그것을 알지 못하는 자인은 요나스를 살리기 위해 그야말로 열두 살의 아이가 할 수 있는 모든 일을 한다. 요나스를 태운 냄비는 덜커덩 딸랑거리며 시장바닥을 헤매 다니고 어른들은 길거리에서 음식을 먹는 두 아이에게 관심을 두지 않는다. 자인과 요나스 같은 아이들은 길거리에서 너무나 흔하게 볼 수 있기 때문이다. 음부에까지 낮아진 레바논의 풍경이다.

레바논에서 빈곤과 버려진 아이는 개인이 해결할 수 있는 문제가 아니다. 15년간 이어진 종교전쟁인 레바논의 내전은 최대 23만 명의 사망자와 약 35만 명의 난민을 양산했으며 수많은 고아가 거리의 아이들이 되었으니 자인과 요나스는 35만 명 중의 한 명인 셈이다.

요나스를 태운 커다란 냄비 옆에는 팔기 위해 함께 달고 나온 후라이팬과 작은 냄비도 있지만 쓰레기 같은 그 가재도구를 살 사람은 아무도 없다. 그것들은 스케이트보드 위에서 딸그랑 털털 소리로 제각각 춤을 추며 아이와 함께 빈민가를 굴러다닌다.

자인은 아이가 많고 가난한 집의 맏이인데 어느 날 여동생 사하르가 초경을 하면서 집주인에게 팔려가다시피 시집을 간다. 열한 살이었던 사하르는 임신을 하고 결국 하혈로 숨지고 마는데 그걸 안 자인이 사하르의 남편을 칼로 찌르게 된다. 법정에 선 사하르의 남편은 그녀가 결혼이 뭔지나 알 나이였는지를 묻는 변호사에게 "이미 꽃이 피었으니까."라고 대답한다. 조혼 풍습이 만연한 이슬람에서는 여자 아동의 성 인권에 대한 인식이 거의 없다. 가난에 시달리는 사람들은 딸이 초경을 하면 팔다시피 결혼시켜 버리는데 그들도 그걸 따랐을 뿐이다. 하지만 자인은 법정에서 사하르의 남편에게 말한다. "사하르가 감자냐? 아님 토마토인가? 꽃이 피게."

어릴 적 자랐던 시골에는 동네를 돌아다니는 거지가 한 명 있었다. 키 크고 잘생겼던 그 거지는 정신이 온전치 못했는데 아침이나 저녁 시간이 되면 시커먼 깡통 하나를 들고 대문간에 가만히 서 있곤 했다. 농사일이 바쁜 농번기에는 동네 사람들의 일을 거들어 주고 거기서 끼니를 해결하면 되었지만 그러지 못한 날은 구걸을 해야 먹고 살 수 있었다. 그때는 모두가 가난한 시절이어서 동네 사람 누구도 밥을 나누어 줄 처지가 되지 못했지만 그가 나타나면 깡통을 살펴보고 밥이나 반찬을 담아 주곤 했다. 동네 사람 전부가 거지 한 명을 먹여 살린 것이다. 집집마다 아이들이 많았던 때인지라 자기 아이들의 입을 건사하기도 힘든 시절이었지만 대부분의 집에서 조금씩 음식을 나누어 주었다.

그는 가끔 찌그러지고 더러운 냄비를 들고 나타나기도 했다. 아마도 추운 계절이었을 것이다. 근처 마을 세 곳만 규칙적으로 다니던 그는 그렇게 얻은 음식을 가지고 집으로 돌아갔는데 우리는 단 한 번도 그가 길에서 음식을 먹는 걸 본 적이 없었다. 그에게도 자존심이 있었거나 정신이 온전했을 때 배운 인간다운 삶의 태도가 있었을 것이다.

누구에게나 어둠의 시간, 유다의 때가 있을 것이다. 깡통 그릇을 들고 마을을 돌아다니던 그는 소문으로는 고시 공부를 하다가 머리가 이상해져 버린 사내라고 했다. 햇살이 좋은 겨울이면 따뜻한 담벼락에 앉아 책을 펼쳐 놓고 있기도 했다. 그러나 그래 봤자 이미 그는 아침 저녁으로 깡통을 들고 남의 집이나 기웃거려야 하는 거지였다. 다만 그가 다른 거지들과 다르게 마을에 정착해서 살 수 있었던 것은 도둑질을 하거나 속임수를 쓰지 않는다는 것 때문이었다. 모두가 가난하고 배불리 먹을 수 없는 시대를 살아가고 있었지만 그도 굶지 않고 살 수 있었던 것은 사람들이 그를 마을의 구성원으로 이미 인정하고 있다는 뜻이었다. 그러나 그는 긴 어둠의 시간을 살고 있었다.

자인이나 또 다른 길거리의 아이들이 원하는 것은 많지 않았다. 길거리에서 만난 자인 또래의 시리아 난민 소녀인 메이는 스웨덴으로 떠날 것을 꿈꾸면서 장례식에 쓸 꽃을 파는 아이이다. 스웨덴에는 시리아인 동네가 따로 있고 왜 왔냐고도 하지 않으며, 귀찮게 구는 사람도 없는 곳이라고 메이는 꿈꾸듯이 말한다. 스웨덴에 가면 자기의 방도 있어서 들어올 때는 노크를 해야 하고, 자신이 원하는 사람만 들어올 수 있으며, 애들은 병에 걸려야만 죽는다는 것이다. 그런데 거기에 가려면 돈이 필요하다, 무려 3백 달러나. 어느 날 메이는 자인에게 종이 하나를 보여 주었다. 스웨덴으로 가는 안내 서류인데 메이는 그 서류 모서리에 작은 배 한 척을 그려 놓았다. 조명도 예쁘고 맛있는 음식도 주는 그런 배.

그리하여 자인은 요나스와 함께 스웨덴으로 떠나기 위한 돈을 벌기 위해 마약을 팔기 시작하지만 그렇게 모아 둔 돈도 어느 날 집 밖으로 버려져 있는 가재도구와 함께 사라져 버린다. 폐타이어로 지붕을 얼기설기 눌러놓은 그 집이라는 공간에서 쏟아져 나온 가재도구란 얼마나 구차하고 너절하던가.

이사를 해 본 사람들은 안다. 평소에는 별 생각도 없이 쓰던 가재도구들을 밖으로 내놓으면 마치 자신의 삶을 보는 것처럼 그것은 속절없이 구차하다. 오래되어 낡은 식기들을 가만히 들여다보면 음식을 끓여 아이들과 함께 먹던 그것들이 어느새 십여 년을 넘긴 채 남들이 보게 될까 두려울 정도로 초라해져 있는 것을, 특히나 불판에서 오래 달구어진 냄비들은 아무리 깨끗하게 닦아도 얼룩이 묻어 있게 마련이며 어느 그릇보다도 더 구질구질하게 느껴진다는 것을 알게 된다. 그러나 생식을 할 수 없는 인간에게 냄비는 없어서는 안 되는 본질적인 사물이다. 혼자서 자취할 때 자주 주린 배를 채워주던 작은 냄비나, 가족 중 몸이 아픈 사람이 있으면 기꺼이 가스렌지 위에 올려놓고 곰탕을 고아내던 커다란 냄비까지 그것은 늘 곁에서 우리를 지켜 주던 사물이었다.

"어둡고 혼탁한 때이다. 그러나 너희들은 굴하지 않고 꿋꿋이 자랄 것을 나는 믿는다. 너희들 중 한 사람을 잃느니보다 매일처럼 매질을 하면서라도 지키고 싶다. 그러나 너희들은 훗날 이때를 회상하면서 우리 모두를 지킨 것은 오직 매였다고 결코 말하지 말아라. 너희들 중에 비록 단 한 사람일지라도 매를 맞지 않은 친구가 있었다는 사실을 꼭 기억해 두기 바란다."

한국전쟁 이후 대구의 빈민촌 이야기를 쓴 이동하의 『장난감 도시』에는 아이들을 혼낸 후 교사가 아이들에게 이런 말을 하는 장면이 있다. 그럼에도 불구하고 많은 아이들이 학교를 떠나고 아이들의 세계를 떠나 일찍 어른이 되었고, 그렇게 악다귀 같은 삶을 살아갔다. 소년인 '나' 역시도 시골에서 도시의 빈민촌으로 살러 가면서 '뻐꾸기 왈츠'를 함께 합창하고, 동극 '팔려가는 당나귀'를 함께 공연했으며, '금고기' 이야기로 갈채를 받고 미래의 면장감으로 인정 받던 그 시절을 잃어 버렸다. 그래서 소년은 "울음이 목울대까지 차올랐지만 울지 않았다. 아직 우는 법을 익히지 못한 벙어리였기 때문"5)이었다.

자인 역시 겨우 한 살짜리 아이를 냄비에 태워 다니면서, 태어난 것이 저주받았다는 어머니의 독설을 들으면서 "투박한 머리와 육식용의 단단한 입과 한 쌍의 크고 불량한 겹눈과 그리고 끌 같은 턱"6)을 가진 대모잠자리 같은 어른들의 세계에서 살아남아야 했다. 그래서 요나스를 먹이기 위해 분유를 훔치고 마약을 팔면서 어른들을 증오한다. 그리고 동생 사하르가 죽은 슬픔을 채 견디지도 못했는데 검은 상복을 벗어버린 어머니한테 "이제 애도가 끝나서 좋으시겠네."라고 이죽거린다. 어머니는 그런 자인에게 "신은 하나를 가져가면 하나를 돌려주신다."며 임신 소식을 알리지만 자인은 그런 어머니의 말이 칼처럼 심장을 찌른다고 말한다.

어머니의 죽음을 마주한 『장난감 도시』의 소년 '나'가 장례식을 치르고 돌아온 후 항상 어머니가 누워 있던 자리에 어머니도, 어머니가 가끔 마시던 물대접도 없는 것을 보고 "벽에다 등을 기대고 나는 조그맣게 웅

5) 이동하, 『우리 시대 우리 작가』, 「장난감 도시」, 동아출판사.
6) 위 책

크리고 울었다. 끓어오르는 울음을 더 이상 참을 길이 없었다. 끌어안은 두 무릎 위에다 나는 얼굴을 묻었다. 그러나 눈물을 흘리지는 않았다. 이제야말로 벙어리가 어떻게 우는가를 나는 알 것만 같았다."라고 서술하는 것처럼, 그리고 상이군인에게 민며느리로 간 누나가 점점 살이 오르고 예뻐지면서 그 상이군인을 챙기는 것을 보다 못해 동네의 건달들에게 누나를 넘겨버리고 장난감 도시에서 도망쳐 버리는 것처럼, 자인은 방송국의 아동학대 프로그램 진행자에게 전화를 걸어 부모님을 고소하고 싶다고 말한다. 자신을 태어나게 한 죄로.

그리고 말한다. "어른들한테 말하고 싶어요. 애들을 돌보지 않는 부모가 지긋지긋해요. 사슬과 호스와 허리띠로 맞고, 제가 듣는 말이라고는 '꺼져, 개새끼야!' 사는 게 개똥 같아요. 내 신발보다 더러워요. 지옥 같은 삶이에요. 통닭처럼 불 속에서 구워지고 있어요. 자라서 좋은 사람이 되고 싶었어요. 존중받고 사랑받고 싶었어요. 하지만 신은 그걸 바라지 않아요. 우리가 바닥에서 짓밟히기를 바라죠. 애를 그만 낳게 해주세요."

베이비붐 세대라고 말해지는 육이오 전후 세대들은

대부분 그렇게 살았다. 다행히 우리나라는 자인이 처한 상황에서 벗어나기 위해 산아제한정책을 밀어붙였고, 부모들은 교육열이 높아서 아이들을 개똥처럼 살게 내버려 두지는 않았다. 물론 그렇게 산 아이들도 많았을 것이다. 아이들은 배불리 먹는 것이 소원이었고, 사하르를 시집보내면서 부모가 말했던 "침대가 있는 집"에서 사는 꿈을 꾸며 그 시절을 보냈다. 그러나 우리는 소돔까지는 닿지 않았고, 따라서 예수가 멸망할 것이라고 예언한 가버나움, 곧 지옥에 이르지는 않았다. 그러나 우리에게도 전후의 도시는 "공룡들이 우글거리는 중생대의 초원"[7] 같았을 것이다.

냄비라는 사물은 우리를 얼마나 가난하게 하던가. 보글거리며 끓어 넘치는 라면이 담긴 노란색의 양은 냄비나 혼자서 쓸쓸하게 석유곤로에 끓여서 먹던 된장찌개가 담긴 작은 냄비부터 가족들의 건강을 위해 사골을 끓이던 곰솥이라 불리는 커다란 냄비까지 모든 냄비에는 허기가 담겨 있다. 시골에서 냄비는 자주 담을 넘어 이웃집 부엌으로 전해지기도 했으나 무엇보다 나

---

7) 위 책

를 슬프게 하는 것은 혼자서 이 도시에 닿아 저녁이면 연탄불 위에 얹어놓던 작은 냄비의 새카맣게 탄 바닥이다. 나는 바닥이 탄 냄비로 무려 몇 년을 보내면서 허기를 달래고 객지 생활의 외로움을 달랬다.

자인이 요나스를 태우고 다니던 커다란 냄비부터, 집 바깥으로 몽땅 던져져 있던 세간살이에서 도드라져 보이던 작은 냄비까지 그것에는 인간의 삶을 조금도 속일 수 없이 정직하게 드러내 보이는 삶의 허기가 담겨 있다. 그것은 어둠의 시간이기는 했으나 자인에게처럼 유다의 시간은 아니었다.

"나를 세상에 태어나게 한 부모님을 고소하고 싶어요." 레바논 빈민가의 이야기를 다큐멘터리처럼 보여주는 이 영화는 보는 내내 인간의 가치에 대한 물음을 묻게 한다. 자인의 부모, 이웃들은 지금 우리의 가치관으로 보자면 쓰레기보다 못한 존재들이지만 그들도 자신의 삶을 살아가기 위해 고군분투할 것이다. 서류가 없어서 병원 문턱에서 죽은 딸을 봐야 했던 자인의 엄마는 자신도 죽을 힘을 다해 살아가는데 왜 비난만 하느냐고 변호사에게 소리친다. 자신처럼 살았으면 변호사는 아마도 자살했을 것이라며.

정의란 무엇인가라는 고리타분한 질문조차도 이 영화에서는 진정으로 하고 싶어진다. 각자에게 정의란 무엇일까, 정의란 선도 부유함도 아닌 생존 그 자체가 될 수도 있다. 이 영화에서는 그런 질문 자체가 무의미하다. 삶이란 정의라는 말로 재단할 수 있는 그런 단순한 것이 아니기 때문이다. 생존의 기로에 서 있을 때 정의에 대해 묻는다는 것은 얼마나 큰 사치인가. 악으로 가득 차 있는 것처럼 보이는 가버나움은 예수의 예언처럼 멸망할지도 모른다. 그러나 나는 영화 속의 가버나움, 레바논 빈민가는 멸망하지 않고 존속되리라고 믿는다. 소돔에 롯이 있었듯이 가버나움에는 자인 같은 아이들이 있기 때문이다.

　사람의 생을 선과 악의 이분법으로 나눈다는 것은 너무나 어리석다. 생은 선과 악으로 구분되는 것이 아니라 사는 것과 죽는 것으로 구분되는지도 모른다. 사람들은 봉준호 감독의 〈기생충〉이란 영화를 보고 무척이나 불편한 감정을 느꼈다고 말한다. 이 영화 역시 마찬가지이다. 숨기고 싶은 인간의 내밀한 본성, 바닥에 처하게 되면 여지없이 드러나는 잔혹성이 한 살짜리 아이를 태우고 거리를 떠돌아다니는 냄비를 통해 드러난다.

실제로 시리아 난민으로 베이루트에서 자인처럼 거리의 소년으로 살았던 '자인' 역을 연기했던 라피아는 슬퍼할 때 슬퍼하면 되었고, 힘들 때 힘들어하면 되는 영화배우 역이 세상에서 가장 쉬웠다고 한다. 그 자인을 볼 때마다 세상에서 가장 시끄럽고 가장 따뜻하고 가장 본질적이었던, 요나스를 태우고 다녔던 낡고 커다란 냄비가 생각난다. 그 냄비에는 버릴 수 없는 인간의 선함이 함께 넘치고 있었다.

은닉된 것 속의 일어남, 이름

- 영화 〈센과 치히로의 행방불명〉

갑자기 이름을 바꾸는 사람이 많아지고 있다. 우리나라에서는 이름을 지을 때 음양오행에서 부족한 부분을 채워주는 역할을 하기도 했는데 언젠가부터 한글 이름이 유행하고 더 이상 음양오행에 바탕을 둔 이름을 짓지 않게 되면서 타인에게 놀림감이 되거나 부르기에 이상한 이름을 바꾸기도 한다. 역으로 인생이 잘 풀리지 않을 때 음양오행에 바탕을 둔 이름을 찾기도 하니 그만큼 이름이 중요하다는 하나의 역설이기도 하다.

이름은 하나의 상징이며 기호이다. 김춘수는 그의 시 「꽃」에서 "내가 그의 이름을 불러주기 전에는/ 그는 다만/ 하나의 몸짓에 지나지 않았다"라고 읊음으로써 꽃의 이름을 불러주기 전에 그 꽃은 수많은 꽃 가운데

하나의 흔들림, 몸짓에 지나지 않았음을 말하기도 한다. 그가 꽃의 이름을 불러주자 꽃은 비로소 그에게 특별한 의미를 가진 존재가 되는 것이다. 코로나 19가 유행했을 때 우리 사회는 환자의 이름을 부르기보다 숫자로 기호를 정해서 불렀다. 그/그녀는 이름을 잃어버린 채 번호로 불리는 철저한 익명의 존재였다. 그/그녀의 이름을 부르는 순간 그/그녀는 세상에 자신의 존재를 드러내며 희생양을 원하는 사회의 먹잇감이 되었을 것이다.

애니메이션 〈센과 치히로의 행방불명〉에서 센과 치히로는 이명동인이다. 제3의 세계인 백귀야행의 주인인 유바바는 누구든지 이름을 먼저 빼앗아서 그를 지배한다. 치히로는 제3의 세계인 온천장에서 '센'이라는 이름으로 일하게 되는데 그를 도와주는 하쿠는 치히로에게 본명을 숨기되 절대 잊어버리지 말라고 당부한다. 이름을 잊어버리면 원래의 인간 세계로 돌아가는 길을 모르게 된다는 것이다. '치히로'라는 의미는 '센[千]'을 찾아간다는 의미이다.

코로나가 유행하는 동안 우리는 환자의 이름을 모르고 숫자 1, 2, 3으로 그들을 호명했다. 그들이 숫자로 불리는 동안 그들은 자신들이 원래 속했던 세계에서 벗어나 단지 코로나에 감염된 익명의 환자일 뿐이었다. 회복되면 그들은 다시 번호를 버리고 자신의 이름이 속한 사회로 돌아갈 것이다. 이름이란 그러므로 그들에게 본질이며, 그들을 본질의 세계로 돌려보내는 통로이기도 하다.

우리 조상들은 이름에 많은 의미를 부여했다. 누가 이름을 함부로 짓는가라는 말이 있을 만큼 조상들은 아이가 태어나면 제일 먼저 작명소에 가서 이름부터 지어왔다. 음양오행으로 운명을 풀어보면 반드시 부족한 부분이 있게 마련인데 그 부족한 부분은 이름으로 채웠다. 그러므로 이름으로 친구들에게 놀림감이 되거나, 누가 들어도 이상한 이름이 있었지만 별로 개의치 않았다. 그들에게는 소리로 들리는 어감보다는 이름의 의미가 더 중요했기 때문이다.

내 아버지께서는 한자에 어느 정도 통달한 분이어서 이름을 직접 지었는데 재미있는 것은 내 이름에 들어있는 '영' 자와 언니가 쓰는 '영' 자의 한자가 다르다는 것이다. 언니가 쓰는 이름에는 여자들이 주로 쓰는 '英' 자를 쓰지만 나는 남자들이 주로 쓰는 '永' 자를 쓴다. 추측하건대 나는 아들 없는 집의 세 번째 딸이라서 이름으로라도 아들에 대한 결핍을 채우려 했거나 다음엔 아들이 태어나기를 기원하는 마음이었거나 아니면 음양오행에 따라 '永' 자를 택했을 수도 있다.

치히로의 부모는 백귀야행의 낯선 세계에 들어가서 주인이 없는 가게의 음식을 돈도 내지 않고 마음껏 먹어 치우다가 돼지가 된다. 일반적인 상식으로는 주인이 없다면 먹지 않거나, 주인을 기다렸다가 먹을 테지만 그들은 주인이 없어서 평소보다 훨씬 많은 양의 음식을 먹는 것이다. 이것은 인간의 탐욕을 상징하는 것으로 유바바는 그들을 돼지로 바꾸어 돼지우리에 가두어 버린다.

원래의 세계로 돌아가는 길을 찾지 못한 치히로는 결국 온천장에 취직을 하게 되는데 그 세계에서는 살아남으려면 누구나 일을 해야 한다. 온종일 석탄을 나르다가 먹이로 주는 별사탕을 받고 즐거워하는 검댕이들이나, 밥 먹을 시간도 없이 6개나 되는 손으로 쉴새 없이 일하는 가마 할아버지는 쉬지 않고 노동에 시달리는 자본주의 사회의 노동자의 모습과 같다. 일하지 않으면 먹을 수 없고, 모든 일에는 대가가 따른다는 냉혹

한 자본주의 사회의 법칙은 유령들의 세계에서도 예외가 없다. 그러면서 치히로는 유바바와 계약서를 쓰면서 치히로라는 이름 대신에 센이라는 이름을 쓴다. 우리가 한 사회의 구성원이 되고 직위로 불리게 되면서 '나'라는 본래의 자신을 잃어버리게 되는 것과 같은 상황이다.

직장에서 김 대리, 손 부장이라는 이름으로 불리는 동안 김 대리와 손 부장의 개인적인 자아는 없다. 철저한 직장의 구성원으로서의 김 대리와 손 부장만 있을 뿐이다. 그들이 자신의 본래 이름을 잊어버리고 김 대리와 손 부장으로 사는 동안 그들은 컨베이어 벨트의 부속품처럼 소모품으로 전락하지만 거기서 벗어나는 방법은 자신의 이름을 찾는 것뿐이다. 그러므로 이름을 잊어버리면 거기서 나갈 수 없다는 하쿠의 말은 자본주의 세계에서 노동자로 살아가는 우리에게 뼈아픈 말이다.

결혼하고 얼마 후 누군가가 나에게 내 이름으로 살아가기를 원하는지, 누구의 아내라는 이름으로 살아가기를 원하는지 질문을 해 온 적이 있었다. 나는 당연히 내 이름으로 살아가기를 원한다고 했다. 그랬더니 그는 대부분의 여자들은 누구의 아내로 살아가기를 원하는데 내 대답이 참 뜻밖이라고 했다. 남편과 함께 있을 때는 누구의 아내라도 관계 없지만 남편과 전혀 상관없는 세계에 있을 때 누구의 아내라는 것은 참 어이없는 이름이 아닌가 생각했다. 나는 언제나 내 이름으로 살기를 원했고, 간혹 남편의 세계에 들어갔을 때는 남편의 아내라는 이름으로 불리어도 괜찮다고 생각했다.

내가 결혼하면서 누군가의 아내라는 이름으로 불리기를 원했다면 지금의 내가 있었을까를 생각한다. 나는 내 이름으로 불리기 위해 노력했고, 적어도 나의 세계에서는 내 이름으로 불리고 싶다.

치히로가 센이라는 이름으로 불리는 동안 치히로에게는 이전의 세계로 돌아갈 가능성이 없었다. 온천탕에서 고된 노동을 하면서 돼지로 변한 치히로의 부모를 찾을 수 있는 가능성도 없었다. 치히로의 부모는 일본 경제의 거품이 빠지면서 버블경제의 늪에 빠진 도시민을 상징한다. 도시에서 흥청망청 호황을 누리다가 몰락하여 시골로 이사를 오면서 그때까지도 최고급 승용차인 아우디를 타고 있었지만 치히로가 안고 있던 꽃다발은 이미 시들어 버렸다. 작년에 받았던 한 송이의 장미가 더 좋았다고 말하는 치히로는 시들어버린 꽃다발보다 싱싱했던 한 송이의 장미, 즉 양이 많은 것보다 질 좋은 것이 더 좋았던 것이다.

치히로의 가족은 인간 세계를 벗어난 제3의 세계 속으로 들어가게 되는데 그곳은 일본이 경제적으로 호황을 누릴 때 짓다가 만 테마파크로서 건축물의 잔해만이 을씨년스럽게 남아 있는 곳이다. 그러나 그곳은 밤이 되면 검은 그림자들이 출몰하는 곳이다. 그들은 삶의 의미와 희망을 잃어버린 채 마술에 걸려 원래 자신의 모습을 잊어버리고 다른 이름으로 불리며 무기력하게 살아간다. 경제가 몰락하면서 숨어 사는 사람들이 어찌 자신의 이름을 가지고 낮에 활보하며 살 수 있겠는가.

그러나 아직 순수함을 잃어버리지 않은 치히로는 거기에서 센이라는 이름으로 불리면서 자신의 부모를 구하기 위해 노력하는데 그 와중에 그가 타고 가는 기차의 메타포는 강렬하다. 일본에서 기차는 흔히 자살을 암시하는 사물로 쓰이는데 영화에서는 가는 티켓은 있지만 돌아오는 티켓은 없기 때문이다. 창밖에는 아직 투명하게 변하지 않은 아이와 아버지가 검은 그림자를 드리우며 서 있는데 동반자살을 생각하며 기차를 탈까 말까 망설이는 모습으로 보인다. 일본의 암울한 풍경들을 미야자키 하야오 감독은 이런 메타포로 그려내고 있는데 그림자가 없는 세계에서 그림자를 드리운 두 사람의 모습이 자본주의 사회에서 생과 사의 기로에 내몰린 현대인의 모습을 보여 주는 것 같아 오래 기억에 남았다.

영화 도중에 이름을 잊지 말라는 하쿠의 다짐이 몇 번이나 반복될 만큼 이 영화에서 이름이 상징하는 의미는 크다. 그것은 제3의 세계, 즉 백귀야행의 세계로 들어온 치히로에게 자신의 자아를 잃지 말라는 다짐이기도 하다. 치히로의 자아는 무엇일까. 혹자는 온천장이 일본에서 매춘을 해오던 장소라서 센이 매춘을 하게 되었다는 것을 상징한다고도 하고, 센을 따라다니던 귀여운 캐릭터인 가오나시가 처녀성을 지닌 어린 여자아이를 매춘하려는 인간이라고도 한다.

미야자키 하야오 감독이 직접 작사한 '가오나시의 노래'에는 "외로워 외로워 널 먹어버리고 싶어"라는 가사가 있는데 실제로 영화에는 가오나시가 센에게 외롭다고 말하는 장면이 나오기도 한다. 그렇다면 하쿠가 센에게 원래의 이름을 잊어버리지 말라고 하는 것은 치히로라고 불리던 때의 모습으로 돌아가기를 바라는 마음에서일 것이다. 치히로의 자아로 돌아가라는 것이다. 이름을 잊어버린다면 센은 영원히 치히로의 시절로 돌아갈 수 없는 것이다.

센은 수백 마리의 돼지 중에서 자신의 부모를 찾아야 하는 시험에 돌입한다. 이미 자본주의 사회의 탐욕에 젖어 돼지로 변해버린 부모는 센에게 낯설 수밖에 없고, 센의 부모 역시 수백 마리의 돼지 중 한 마리일 뿐이다. 그러나 센은 자신의 부모는 그 많은 돼지 중에 없다고 대답한다. 치히로였다면 자신의 부모를 찾지 못했을 테지만 이미 온천장에서 변해버린 세계를 접한 센은 자신의 부모가 영화의 중간 장면처럼 배가 불러서 잠자고 있을 것이라는 것을 이제는 안다. 순진무구한 치히로가 세상의 욕망을 이해하고 받아들이는 센이 된 것이다.

그러므로 이 영화의 제목인 '센과 치히로의 행방불명'은 시사하는 바가 크다. 치히로는 센이 되면서 치히로를 잃어버렸고, 센은 치히로가 되면서 센을 잃어버렸다. 이제 어디에서도 센과 치히로는 찾을 수 없다.

이름을 부른다는 것은 은닉된 것 속에서의 일어남이다. 사물은 이름이 불리워지면서 자신의 본질을 모아세운다. 하이데거는 「예술작품의 근원」에서 언어가 처음으로 존재자를 부름으로써, 이러한 부름이 존재자를 비로소 낱말로 가져오면서 나타나게 한다고 했다. 이러한 부름이 존재로부터 존재자를 자신의 존재로 불러낸다는 것이다.

우리가 '센'을 부를 때 나타나는 센과 '치히로'를 부를 때 나타나는 치히로는 같은 인물이면서 같은 인물이 아니다. 센은 백귀야행의 도시에 사는 인물이며 치히로는 그 도시를 벗어나 인간의 세계로 돌아왔을 때 불러야 할 인물이다. 그러므로 우리가 치히로를 보존하기 위해서는 '치히로'라고 불러야 하며, 센으로 보존하기 위해서는 '센'이라고 불러야 한다. "명명을 통해 존재자는 비로소 자신이 [있는 그대로] 존재하는 그런 것으로 부름을 받는다"는 하이데거의 말은, 이름을 불러 준다는 것은 그것의 본질을 불러 준다는 의미이기도 하다.

하쿠가 원래의 세계로 돌아가는 치히로에게 절대 뒤를 돌아보지 말 것을 주문하는 것은 본질의 세계가 아니었던 곳에서 불렸던 센이라는 이름을 잊어버릴 것을 주문한 것이다. 센이라는 이름을 기억하는 한 치히로는 제3의 세계에서 센이라고 부르는 부름에 응답할 것이며 그러면 영영 센은 치히로로 돌아오지 못할 것이기 때문이다.

이름을 바꾸는 것이 쉬워지면서 많은 사람들이 이런 저런 이유로 이름을 바꾸고 있다. 그들은 이름을 바꾸는 것으로 자신의 정해진 운명조차 바꾸고 싶어 할 것이다. 그러나 이름을 바꾼다고 해서 자신이 속한 세계가 바뀌지는 않는다. 이름으로 그를 불러줄 때 우리는 그가 속한 세계 전체를 부르는 것과 다름없는데 그 바뀐 이름 속에 은닉된 무엇이 드러날 것인가.

나의 아버지가 언니와 나에게 다른 '영' 자를 선물한 것은 나름의 이유가 있을 것이다. 이름 탓인지 언니와 나는 전혀 다른 성향으로 다른 삶을 살아가고 있다. 아버지가 이름을 지었을 때 이미 음양오행의 법칙에 따라 언니의 삶과 나의 삶이 정해져 있었을 것이고 아버지는 이미 그것을 알았을 것이다. 어쩌면 아버지는 우리의 운명에 가장 알맞은 글자를 선택해 선물해 주었을지도 모른다. 이름을 불러주면 이미 은닉되어 있던 한 세계가 기지개를 켜며 일어나는 것이다. 미야자키 하야오 감독은 센과 치히로라는 이름을 통해 우울한 자본주의 사회의 실상과 끝없이 추한 인간의 탐욕을 보여 주면서 행방불명된 치히로를 찾고 싶었을지도 모른다.

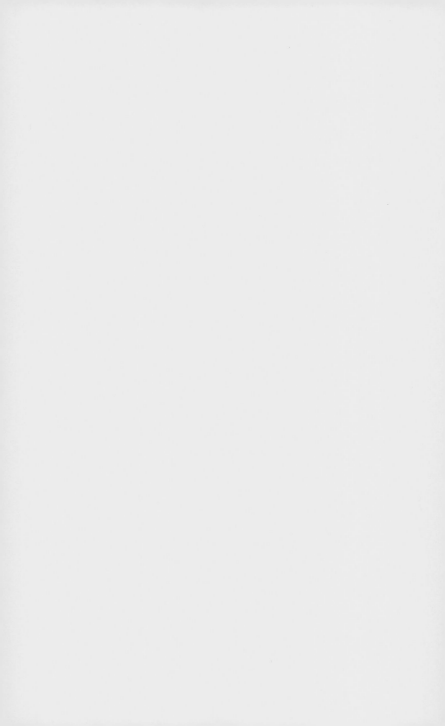

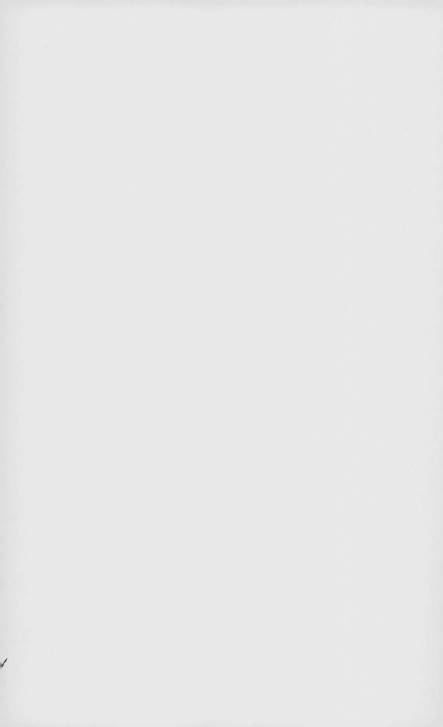